나는 왜 이 증오의 세상에 태어났을까?
'네 이웃을 내 자신처럼 미워해라'라고
가르치는 듯한 이 세상에…….

아벨 산체스

개정판 인쇄 2021년 12월 15일
개정판 발행 2021년 12월 22일

지은이_미겔 데 우나무노
옮긴이_이지선
디자인_이혜원
발행인_김현길
발행처_도서출판 문파랑

등 록_제313-2006-000253호
주 소_서울시 은평구 은평로2길 19(동진B 301호)
전 화_02) 3142-3827
팩 스_02) 6442-0839
E·mail_ aveva@naver.com

값 12,800원

ISBN 978-89-94575-59-9 (03870)

아벨 산체스

미겔 데 우나무노 지음 | 이지선 옮김

아벨 산체스
한 남자의 일생을 지배한 어떤 질투심에 대하여

호아킨 모네그로가 죽은 뒤 그가 남긴 기록들이 발견되었는데, 그것들 가운데에는 그의 삶을 잠식했던 어둡고 거친 마음에 관한 일종의 회고록도 있었다. 이「고백」— 호아킨은 회고록에 이런 제목을 붙였다— 의 몇몇 부분이 다음 이야기와 섞여 있다. 기울임체로 구분한 인용문들은 호아킨 자신이 느낀 고뇌를 그 스스로 설명하는 구실을 한다.「고백」은 호아킨이 자기 딸에게 쓴 글이었다.

아벨 산체스와 호아킨 모네그로는 서로 얼굴도 몰랐던 그때가 언제인지 기억하지 못한다. 둘은 유년기 이전에 알았다. 실은 서로 안 것은 갓난아이 때부터였다. 그들을 각각 돌보던 보모끼리 자주 만났기 때문에, 두 아이는 말을 배우기도 전에 함께 어울려 지냈다. 그리고 각자 자신에 대해 알아가면서 상대에 대해서도 알아갔다.

태어나면서 친구였던 그들은 같이 자라며 거의 형제나 다름없는 사이가 되었다.

함께 산책과 놀이를 하고 다른 친구들과도 사귀는 동안, 온갖 일을 꾀하고 자기 마음대로 사람을 움직이려고 했던 쪽은 둘 중에서 더 고집스러운 성격인 호아킨이었다. 그러나 늘 양보할 듯이 보였던 아벨은 막판엔 뭐든 자기 뜻대로 했다. 사실, 아벨은 명령하기보다 명령을 따르지 않는 편이 훨씬 낫다는 점을 일찌감치 터득했다. 그래서 둘이 싸우는 일은 좀처럼 없었다.

"어쨌든 네가 바라는 대로 된 거잖아……."

아벨이 호아킨에게 이렇게 말할 때면, 호아킨은 화가 치밀었다. 왜냐하면 아벨은 "어쨌든 네가 바라는 대로 된 거잖아……."하고 말함으로써 자신이 이러한 말싸움을 얼마나 경멸하는지 보여주려고 했기 때문이다.

"싫다는 말은 죽어도 안 하지!"

호아킨은 성을 발칵 냈다.

"그럼 뭐가 달라지는데?"

언젠가 호아킨은 산책하러 나온 친구들과 함께 있을 때 이렇게 말했다.

"있잖아 애들아. 얘는."

호아킨은 아벨을 손가락으로 가리키며 말을 이어갔다.

"얘는 소나무 숲에 안 가겠대."

"내가?"

아벨이 펄쩍 뛰었다.

"누가 그래? 나도 가고 싶어. 그럼, 그럼 네 마음대로 해.

그래! 그래! 거기 가자!"

"안 돼! 누가 나 하고 싶은 대로 한댔어? 전에도 말했지? 내 마음대로 하는 건 나도 싫다구. 실은 네가 가기 싫은 거잖아!"

"아니야, 그럼 지금 말할게. 난 가고 싶어!"

"정 그렇다면 내가 가고 싶지 않아."

"그럼 나도 가고 싶지 않아."

"야! 그런 게 어디 있어."

호아킨의 목소리는 더욱 커졌다. 그리고 다른 친구들에게 소리쳤다.

"그럼 얘하고 갈 건지 나하고 갈 건지 선택해!"

아이들은 모두 아벨을 따랐고, 호아킨만 혼자 덩그러니 남았다.

호아킨은 이 유년기의 일을 「고백」에서 이렇게 회고했다.

왜인지는 모르겠지만, 이미 아벨은 자기도 모르는 사이에 호감 가는 아이, 나는 혐오감을 주는 아이가 되어버렸다. 나는 혼자였다. 어렸을 때부터 친구들은 나를 홀로 남겨두었다.

중학교와 고등학교를 다니는 내내, 호아킨은 지독한 공부벌레여서 상이란 상을 모조리 휩쓸었다. 으레 일등을 호아킨이 차지했다. 그러나 교실을 벗어나면 사정은 달랐다.

교실 밖에서, 교정에서, 친구들 사이에서, 거리에서, 그 지역 내에서 방과 후 어떤 놀이를 하든 일등은 늘 아벨의 몫이었다. 아벨은 타고난 영리함으로 다들 웃게 만들었고, 특히 선생님들의 캐리커처를 그려 큰 인기를 얻었다.

"호아킨은 성실하긴 하지만, 똑똑한 쪽은 아벨이야…… 아벨이 오로지 공부에만 힘썼다면……"

어느새 학교 친구들 사이에서는 이러한 의견이 우세했고, 이를 안 호아킨은 가슴이 더욱 아팠다. 곧 호아킨은 공부를 소홀히 하더니 아벨이 잘하는 분야에서 그를 이기려고 기를 쓰며 노력했다. 그러나 제 자신에겐 이렇게 말했다.

'쳇! 그깟 녀석들이 뭘 안다고…….'

이윽고 호아킨은 자기 본성에 충실히 따르기로 했다. 그도 그럴 것이 사람을 휘어잡는 재주와 매력을 타고난 아벨을 당해낼 재간이 없었기 때문이다. 호아킨이 농담을 던져도 웃어주는 친구가 아무도 없었다. 아무리 애써 봐도 호아킨은 근본이 진지하고, 타고나기를 냉정한 사람으로 각인되어 있었다.

페데리코 쿠아드라도는 호아킨에게 말했다.

"너는 음침한 녀석이야. 네 농담은 초상집에서나 통할걸."

호아킨과 아벨은 학교를 졸업했다. 아벨은 화가가 되기

위해 그림 공부를 시작했고, 호아킨은 의과 대학에 입학했다. 둘은 자주 만나서 각자 하고 있는 공부가 어느 정도 진척되었는지 이야기했다. 호아킨은 걸핏하면 의학도 하나의 예술, 그것도 시적 영감을 바탕으로 한 순수 예술이라는 점을 입증하려고 애썼다. 그러나 어떤 때는 순수 예술이 의지를 약하게 만드는 주범이라고 모독했고, 과학이야말로 '진리로써 정신을 북돋우고 강하게 하고 나아지게' 하는 것이라며 과학을 한껏 치켜세웠다.

"엄밀히 따져 의학은 과학이 아니야. 과학을 응용해서 전문적인 실습을 해나가는 것이니까 예술에 더 가깝다고 봐야 해."

"하지만 병자들을 돌보는 데 내 인생을 바치고 싶진 않아."

"그래도 그것만큼 명예롭고 실리적인 일이 어딨다고……."

호아킨이 말을 가로챘다.

"그렇기도 하지만 나한테는 아니야. 네가 좋아하는 것처럼 명예롭고 실리적인 일인지도 모르지. 하지만 명예나 실리 따위가 난 역겨워. 맥을 짚어주고 혀를 관찰하고 처방전 몇 장 써주고 돈을 버는 일은 내 적성에 맞지 않아. 난 더 큰 포부가 있어."

"더 큰 포부?"

"그래, 새 길을 개척할 거야. 의학 연구에 전념할 생각이야. 의학의 영예는 미지의 병을 연구해 그 병의 비밀을 밝혀내는 사람들 차지야. 크고 작은 운으로 그 발견을 응용하는 사람들 몫은 아니지."

"그런 이상주의적인 생각을 품고 있는 줄 몰랐는걸. 아무튼 보기 좋아."

"뭐? 그럼 너 같은 사람만, 예술가나 화가만 그런 영광을 꿈꿀 자격이 있다고 생각해?"

"내가 그런 걸 꿈꾼다고 누가 그래?"

"아니야? 그럼 그렇게 열심히 그리는 이유는 뭐야?"

"그건, 그림으로 성공하면, 그만큼 보상이 따르니까……."

"보상?"

"그러니까, 돈이라든가, 뭐 그런 거지."

"그 말을 지금 나보고 믿으라는 거냐? 아벨, 나는 태어난 순간부터 너란 녀석을 알았어. 그 말을 내가 믿을 것 같아? 나는 널 속속들이 안다구."

"결코 널 속이려고 한 적이 없는데도?"

"속일 의도는 없었겠지만, 넌 나를 속이고 있어. 너는 어느 것에도 관심이 없고 인생을 마치 게임처럼 여기는 척하지만, 실제로는 지독한 야심가야."

"야심가라고, 내가?"

"그래 명예나 명성 따위에 야심이 대단하지……. 너는 늘 그랬어. 이 세상에 태어난 순간부터 줄곧. 아무리 아닌 척해도 소용없다구."

"잠깐, 호아킨, 그럼 어디 말해 볼래? 내가 언제 상을 타려고 너와 경쟁한 적이라도 있어? 너는 늘 학교에서 일등이었잖아? '가장 앞길이 밝은' 학생은 너였어."

"그랬지. 하지만 거리의 우두머리는 너였어. 다들 네 비위를 맞추려고 야단이었지……."

"그런 걸 나보고 어쩌라구?"

"네가 인기 따위에 관심이 없다는 걸 나더러 지금 믿으라는 거야?"

"너야말로 인기에 그렇게 관심이 있었으면……."

"내가 인기 따위에? 나는 군중을 경멸해!"

"그래 그래. 내가 한 말은 용서해주라. 다 허튼 소리야. 이제 너도 자신을 그만 괴롭히지 그래. 네 여자 친구 얘기나 다시 해볼래?"

"내 여자 친구?"

"있잖아, 네 사촌누이. 네가 네 여자로 만들고 싶다던."

호아킨은 사촌누이 헬레나의 마음을 훔치려고 애썼다. 그 순탄치 않은 연애 사업에 자신의 정열과 정염을 죄다 쏟아

부었다. 그래서 그의 막역한 친구인 아벨에게 이 만만찮은 연애 상대에 대한 괴로운 심정을 허심탄회하게 털어놓았다.
 어째서 헬레나는 그의 마음을 이다지도 아프게 하는 것일까.
 "그 아이는 만나면 만날수록 속을 더 잘 모르겠어. 꼭 스핑크스처럼 알다가도 모르겠다니까."
 호아킨은 아벨에게 푸념을 늘어놓았다.
 "오스카 와일드가 한 말 기억나? '여자는 모두 비밀 없는 스핑크스다.'"
 "하지만 헬레나에게는 비밀이 있는 것 같아. 다른 사람을 사랑하는 게 분명해. 그 사람은 그걸 모른다 해도 말이야. 확실히 다른 누구를 마음에 품고 있어."
 "왜 그렇게 생각해?"
 "그렇지 않고서야 나를 대하는 그 애의 태도를 설명할 길이 없어."
 "그러니까 네 말은, 헬레나가 널 연인으로 사랑하길 원치 않기 때문이라는 거군……. 사촌으로는 널 사랑하고 싶은 거구……."
 "너 지금 나 놀려?"
 "그렇다면 헬레나는 널 연인으로, 더 정확히는 남편으로 받아들이고 싶지 않기 때문에 다른 누구를 사랑하는 게 분명하다, 이거야? 그것 참, 그럴듯한 논리인데!"

"누가 내 맘을 알겠냐."

"나도 널 이해해."

"네가?"

"너는 날 가장 잘 아는 사람이 바로 너라고 입버릇처럼 하지 않았어? 내가 널 이해한다고 말한 게 뭐가 어때서? 우리는 서로 먼저랄 것도 없이 한날한시에 만났는데."

"어쨌든, 난 헬레나 때문에 미칠 지경이야. 앞으로 더 미칠지도 모르지. 아주 날 가지고 논다니까. 애초에 싫다고 했으면 여기까진 안 왔을 거 아니야. 내 마음을 애태우려고 다시 만날 것처럼, 나에 대해 진지하게 생각할 것처럼, 잘도 말해 놓고선……. 곰곰이 생각한다고 될 문제야, 어디 이게. 아주 요부야, 요부!"

"아마 널 연구 중일 거야."

"날 연구한다고? 걔가? 나에 대해서 뭘? 걔가 뭘 연구한다는 건데?"

"호아킨, 호아킨, 넌 너 자신뿐 아니라 헬레나도 과소평가하고 있어. 아니면 헬레나가 너만 만나야 하고 네 말만 들어야 하고 네 사랑을 알아줘야만 한다고 생각하는 거야? 그래서 헬레나가 네 앞에 무릎 꿇게 하려고?"

"그래, 나도 알아. 나는 늘 사람들의 반감을 샀으니까……."

"그런 식으로 자책하지 마……."

"문제는 그 애가 날 가지고 논다는 거야. 진실하고 충실하고 솔직한 나를 그런 식으로 놀리다니 아주 막돼먹은 계집이야……. 아, 헬레나가 얼마나 아름다운지 모르지? 자라면서 차갑고 거만해졌지만 그럴수록 더 아름다워지니 원! 가끔은 내가 그 애를 사랑하는 건지 증오하는 건지 모를 때가 있어……. 그 애를 한 번 만나볼래?"

"뭐, 네가 좋다면……."

"좋아. 소개해줄게."

"그리고 헬레나가 좋다면……."

"뭐?"

"초상화를 그려주고 싶은데."

"그거 좋은 생각이야!"

그러나 그날 밤 호아킨은 헬레나의 초상화를 상상하다 잠을 설쳤다. 모든 면에서 사람들의 호감을 사고 악의 없는 매력을 풍기는 아벨 산체스가 헬레나의 초상화를 그려주는 모습이 자꾸 떠올라 괴로웠기 때문이다.

이제 앞으로 어떻게 될까? 헬레나도 다른 친구들처럼 아벨을 더 좋아하게 될까? 호아킨은 만남을 취소할까도 생각했다. 그러나 이미 약속을 한 뒤였기에…….

"만나 보니까 어때?"

호아킨은 헬레나를 아벨에게 소개한 다음 날, 그에게 물었다. 그날 아벨이 헬레나에게 초상화를 그려주겠다고 말하자, 헬레나는 그 제안을 무척 기쁘게 받아들였다.

"흠, 진실을 알고 싶어?"

"그럼 당연하지. 내가 듣고 싶은 건 오로지 진실뿐이야. 우리가 서로 진실만을 말했다면, 이 세상은 아마 천국이 되었을걸."

"그랬겠지. 제 자신에게 진실을 말하듯 서로……."

"그러니까 진실이 뭐야!"

"사실 네 사촌누이는, 앞으로 네 연인이자 어쩌면 아내가 될지도 모르지만, 내가 보기에 헬레나는 그저 뻐기기 좋아하는 공작새처럼 보여……. 그러니까 내 말은 암컷이긴 한데 수컷처럼 화려한 공작, 뭐 그렇다는 거야……. 내 말 이해돼?"

"그래, 이해돼."

"나라는 사람은 붓을 들지 않으면 표현이 서툴러서 말이야……."

"그럼 공작을 그릴 생각이야? 암컷이어도 수컷처럼 화려한 공작이겠군……. 꽁지를 펴면 눈으로 장식된 꽁지깃이 보이고 그 조그만 머리에……."

"실은 모델로는 최고야! 최고라고! 눈하며! 입술은 어떻고! 도톰하고 야무지게 생긴 입술하며……. 어딜 바라보는지 알 수 없는 야릇한 눈길하며……. 물론 가느다란 목도 빼놓을 수 없지! 윤기 나는 피부색은 또 어떻고! 이렇게 말하면 어떨지 모르지만……."

"뭔데?"

"색으로 치면 헬레나는 사나운 인디언 여인 같아. 그보단 길들여지지 않은 맹수의 색이라고 하는 편이 더 맞겠어. 헬레나를 보고 있으면 표범이 떠올라. 어떤 면에서는 주변의 모든 것에 완전히 무관심해 보이기도 해. 무척 쌀쌀맞게 보인다고 할까."

"맞아. 퍽이나 쌀쌀맞은 여자야!"
"어쨌든 근사한 초상화를 그려줄 테니 기다려."
"나한테? 헬레나한테 주려는 거 아니었어?"
"아니, 초상화는 널 위한 거야. 물론 헬레나의 초상화지만."
"됐어! 헬레나나 그려줘."
"그렇다면, 좋아, 너희 둘을 위해 그릴게. 또 누가 알아……. 이 그림이 너희 둘을 이어줄지."
"그러기 전에 초상화가부터 되는 게 어때……."
"좋을 대로 생각해. 네가 좋다면 내가 뚜쟁이 노릇을 해줄 수도 있어. 그래서 네 고통이 멈춘다면 기꺼이 하겠어. 네가 이렇게 괴로워하는 걸 보니 내 마음도 썩 좋지 않아."

초상화를 그리기 위해 세 명이 한자리에 모였다. 헬레나는 자못 엄숙하고 차갑게, 그리하여 마치 여신의 운명을 타고난 것처럼 오만한 태도로 자리에 앉았다.

"말해도 돼요?"

첫째 날, 헬레나가 이렇게 묻자 아벨이 대답했다.

"물론이죠. 말을 해도 되고 몸을 움직여도 됩니다. 가만히 있는 것보다 오히려 움직이고 얘기하는 편이 나아요. 그래야 인물이 한껏 살아나니까요……. 그림은 사진과 달라요. 더구나 아가씨가 조각상처럼 보이는 것도 싫고요."

헬레나는 자꾸 말했지만, 자세가 흐트러질까 봐 몸을 심하게 움직이지 않았다. 헬레나가 무슨 말을 했는지, 두 남자는 기억하지 못했다. 둘은 헬레나를 보는 데 정신이 빠져 있었다. 헬레나를 보느라 미처 이야기에 귀 기울이지 못했다…….

헬레나는 끊임없이 이야기했다. 오히려 침묵하는 것이 예의에 어긋난다고 생각했기 때문이다. 그리고 틈만 나면 호아킨을 약 올렸다.

"환자는 좀 치료해봤어요, 사촌 오라버니?"

헬레나가 물었다.

"진심으로 궁금해서 묻는 거야?"

"물론이죠. 그럼 별 뜻 없이 묻는 걸로 보여요……? 생각 좀 해봐요……."

"생각하기 싫은데."

"오빠가 나한테 관심이 너무 많으니까 나도 오빠 일에 무심할 수 없잖아요. 게다가 누가 알아요……."

"누가 뭘?"

이때 아벨이 말을 가로챘다.

"자 그만. 이제 화제를 바꿀 수 없어? 왜 둘은 서로 보기만 하면 으르렁대는 거야?"

"친척들끼리는 자연스러운 거예요……. 특히 그런 일이 시작되면 더 그런대요."

헬레나가 말했다.

"무슨 일?"

호아킨이 물었다.

"오빠가 시작한 일이니 말 안 해도 알 텐데요."

"그럼 지금 당장 끝을 내줄게!"

"끝내는 데도 방법은 여러 가지죠."

"시작하는 데도 방법은 여러 가지야."

"그야 당연하죠. 그나저나 아벨, 내가 농담조로 말한 탓에 내 모습이 흉하게 보이진 않았나요?"

"아니, 아니요. 오히려 정반대예요. 아가씨 말마따나 그렇게 농담하는 말투가 표정과 몸짓에 생기를 불어넣어 주는 걸요. 그렇지만……."

이틀이 지나지 않아 아벨과 헬레나는 서로 허물없이 대하기 시작했다. 둘 사이의 어색함을 덜어주고자 했던 호아킨은 셋째 날부터 그 자리에 모습을 보이지 않았다.

"내 모습이 어떤지 보고 싶어요."

헬레나가 자리에서 일어나 초상화 앞에 섰다.

"그래, 보기에 어때요?"

"난 전문가도 아니고, 더구나 날 닮았는지 아닌지도 판단이 잘 안 서는걸요."

"정말요? 혹시 거울이 없나요? 거울에 비친 자기 모습을 본 적 없어요?"

"있지만……."

"그런데요……?"

"모르겠어요……."

"자신이 얼마나 아름다운지 정말 모른다구요?"

"아첨하지 말아요."

"그럼, 호아킨에게 물어보죠."

"내 앞에서 그 사람 얘기는 꺼내지 말아요. 정말 지긋지긋해요!"

"사실 내가 하고 싶은 얘기는 그 친구에 대한 거예요."

"그럼 난 갈래요……."

"기다려요. 내 얘길 들어봐요. 왜 그렇게 호아킨한테 잔인한 거죠?"

"아하, 그러고 보니 호아킨을 변호하러 온 거군요? 초상화는 핑계고?"

"이봐요, 헬레나, 사촌을 그런 식으로 가지고 노는 건 옳지 않아요. 호아킨은 그저, 그저……."

"난 못 견디게 싫다구요!"

"호아킨은 그저 자신한테 지나치게 몰입하는 면이 있고 가끔은 거만하고 고지식하고 자기밖에 모르긴 하지만, 한편으론 모든 면에서 나무랄 데 없고 정직하고 또 총명하죠. 의사라는 직업이 밝은 미래도 보장해주고요. 무엇보다 호아킨은 당신을 열렬히 사랑해요……."

"그래도 내가 사랑하지 않는다면……?"

"그렇다면 희망을 주는 일 따위는 하지 말아요."

"내가 희망을 주었다구요? 나도 할 만큼 했어요. 오빤 좋은 사람이지만 내겐 좋은 친구, 좋은 사촌 그 이상도 이하도 아니다, 구혼자로든 다른 뭐로든 간에 오빠를 남자로 받아들일 수 없다구요. 이제 그런 말 하는 것도 넌덜머리가 나요."

"하지만 호아킨이 말하길……."

"뭐라고 했건 간에 그건 진실이 아니에요. 그가 내 사촌인 이상 어떻게 집 밖으로 내쫓고 내 앞에서 말하지 못하게 막을 수 있겠어요. 그러고도 사촌이라니! 정말 웃겨!"

"비아냥거리지 말아요."

"사실 난 그렇게도 못해요……."

"또 당신한테 다른 누가 있을 거라고 했어요. 당신이 호아킨을 받아들이려 하지 않기 때문에 남몰래 다른 누구를 마음에 품고 있을 거라고 믿는 것 같아요…….."
"정말 그렇게 말했어요?"
"네, 그랬어요."
헬레나가 입술을 깨물더니 얼굴을 붉혔다.
"정말 그랬어요."
아벨은 팔 받침대에 오른손을 내려놓으며 같은 말을 되풀이했다. 아벨은 헬레나를 줄곧 바라보았다, 헬레나 얼굴에 어린 표정의 의미를 알고 싶어하는 듯.
"호아킨이 그렇게 믿고 싶어한다면……."
"네……?"
"호아킨 뜻대로 다른 누구와 사랑에 빠지게 될 거예요……."
그날 오후 아벨은 더는 그림을 그리지 않았다. 둘은 어느새 연인이 되어 있었다.

 아벨이 그린 헬레나 초상화는 대단한 성공을 거두었다. 이 초상화가 걸린 쇼윈도 앞에는 늘 사람들이 서 있었다.
 "화가로 대성하겠는걸."
 누군가 이렇게 말했다.
 헬레나는 사람들이 그 그림을 두고 무슨 말을 하는지 엿듣기 위해 언제나 그 쇼윈도 근처를 어슬렁거렸고, 마치 생명력을 부여받은 영원불멸의 초상화처럼, 꽁지깃이 화려하게 펼쳐진 예술 작품처럼, 도시에 이곳저곳을 산책했다. 오로지 이를 위해 태어난 듯했다.
 호아킨은 잠을 이루지 못했다.
 "이젠 더 심하게 굴어. 정말로 날 가지고 논다니까. 이러다 미쳐 죽을 것 같아."

호아킨이 아벨에게 괴로운 심정을 털어놓았다.

"그게 자연스러운 거야. 헬레나는 이제 잘 다듬어진 미인이 되었어……."

"그렇지. 네가 영원불멸을 주었지. 그 덕에 제2의 모나리자가 되었고!"

"하지만 넌 의사로서 할 수 있는 일이 더 많잖아. 헬레나의 생명을 연장할 수도 있고……."

"단축할 수도 있지."

"끔찍한 소리 하지 마."

"그럼 내가 어떻게 해야 하지? 어디 한 번 말해 봐. 어떻게 해야……?"

"좀 인내심을 길러보는 게 어때……."

"헬레나한테서 들었는데, 헬레나가 다른 사람을 사랑하는 것 같다고 한 내 말을 그대로 전했더라……?"

"그건, 네 진심을 헬레나가 알도록 돕고 싶어서……."

"날 돕고 싶어서라니…… 아벨, 아벨, 넌 헬레나와 죽이 잘 맞는 사이가 됐어…… 지금 너희 둘은 날 속이고 있어……."

"널 속이다니, 뭘? 헬레나가 너에게 무슨 약속이라도 했다는 거야?"

"그럼 너에게는 약속을 했나 보지?"
"헬레나는 네가 사랑하는 여자잖아?"
"이미 네 여자가 된 것 같은데?"
아벨은 입을 다물더니 이내 얼굴빛이 바뀌었다.
"그거 봐!"
호아킨이 떨리는 목소리로 외쳤다. 이내 말을 더듬기 시작했다.
"저…… 정말이야?"
"뭘 말이야?"
"이제 와서 부인할 셈이야? 뻔뻔스럽게도 내 앞에서 모른 척하겠다고?"
"진정해, 호아킨, 우린 서로 알기 전부터 친구였어, 거의 형제간이나 다름없잖아……."
"가슴에 비수를 꽂는 게 무슨 형제야?"
"그렇게 화만 내지 마. 좀 인내심을 가질 수 없어……."
"뭐 인내심? 내 삶은 인내와 고통의 연속이었어……. 너야 쉽게 호감을 살 수 있고 뭐든 원하는 대로 할 수 있고 패배라는 걸 모르고 사는 놈이지. 더구나 예술가에…… 한데 나는……."
호아킨은 눈에서 눈물이 솟구치는 바람에 말을 잇기가 힘들었다.

"그럼 내가 어떻게 할까? 호아킨, 내가 어떻게 했으면 좋겠어?"

"헬레나를 사랑하는 건 나야. 구애할 생각은 마!"

"하지만, 호아킨, 만약 구애하는 쪽이 헬레나라면……."

"물론 네가 되겠지. 행운을 타고난 네가, 예술가에, 운명의 여신이 총애하는 네가. 너는 늘 여자들 환심을 샀으니까. 이미 넌 헬레나도 가졌을 테고…….

"헬레나가 날 가졌어."

"그랬겠지, 요부 같은 계집, 미모를 파는 계집, 영원불멸한 모나리자. 이젠 너를 가질 차례인가……. 넌 그 계집의 화가가 될 거야……. 넌 그 계집을 그리게 되겠지. 어떤 포즈를 취하든, 온갖 조명 아래서, 옷을 입고 있든 벗고 있든……."

"호아킨!"

"넌 헬레나를 영원불멸하게 만들겠지. 네 그림들이 살아 있는 한 헬레나도 살게 될 거야. 아니, 살아 있는 게 아니야. 헬레나는 살아 있지 않으니까. 다만 존재하는 거야. 대리석처럼 존재하고 있는 것뿐이야. 그리고 앞으로도 그렇게 존재할 거야. 왜냐하면 그 계집은 돌로 만들어졌거든. 너처럼 차갑고 딱딱한 돌로 만들어졌으니까. 한낱 고깃덩어리에 불과해!"

"제발 진정해."

"왜? 나는 화도 내면 안 돼? 내가 지금 진정하게 됐어? 악랄하고 비열한 수법을 동원해 빌어먹을 작품 하나를 완성하셨군."

호아킨은 기운이 빠졌다. 낙담하여 무너져내린 마음을 가눌 길이 없었다. 자기 격정을 표현할 길이 없는 듯, 그는 곧바로 입을 다물었다.

"그만 화 풀고 한 번 생각해 봐."

아벨은 짐짓 가장 부드러운 목소리로 말하기 시작했다. 한편으로는 가장 소름끼치는 목소리이기도 했다.

"헬레나는 너를 사랑하길 원치 않는데 내가 어떻게 너희 둘을 맺어줄 수 있겠어? 헬레나는 너를 연인으로는 생각지 않아……."

"당연해. 나는 어떤 여자의 마음도 사로잡을 수 없는걸. 저주받은 운명인 걸 어쩌겠어."

"맹세하는데, 호아킨……."

"맹세 따윈 하지 마."

"맹세하는데, 오로지 내 결정에 달린 문제라면 지금 당장이라도 헬레나가 네 연인이 되게 할 수 있어. 내일은 네 아내가 되어 있을 거야. 헬레나를 네게 양보할 수만 있다면…….”

"고작 한 그릇 죽을 얻어먹겠다고 헬레나를 내게 팔겠다는 거냐?"

"팔다니, 가당찮아! 나는 기쁜 마음으로 헬레나를 포기하고 너희 둘이 행복해하는 모습을 보면서 더 큰 행복을 느꼈을 거야. 하지만…….”

"날 사랑하지 않잖아. 사랑하는 건 너야. 그렇지?"

"그래 맞아."

"그토록 원하는 나는 마다하고 자신을 마다하겠다는 널 원해."

"그래 맞아. 믿기지 않겠지만, 유혹당한 쪽은 나였어."

"쳇, 잘난 체 좀 그만해! 아주 역겹다!"

"잘난 체라구?"

"그래. 유혹하는 쪽보다 유혹당하는 쪽이 더 재수 없다는 거 알아? 가여운 희생자가 따로 없구나! 여자들이 널 두고 피 터지게 싸우고 있으니…….”

"날 화나게 하려고 작정했군…….”

"너를? 내가 널 화나게 한다고? 비열한 수작을 부린 게 누군데. 파렴치하고 악랄한 짓을 저지른 건 너야……. 이제 우린 영원히 남남이다. 알겠어?"

그러나 호아킨은 이내 목소리를 바꾸더니 슬픔 어린 목소리로 아벨에게 호소했다.
"제발 날 불쌍히 여겨줘, 아벨. 넌 내가 불쌍하지도 않아? 너도 알잖아. 사람들은 모두 날 노려봐. 다들 내 반대편에 서려고만 해……. 너는 젊고 운도 따르고 뭐든 마음껏 누릴 수 있잖아. 널 따르는 여자도 많잖아……. 헬레나만은 부탁이야. 내가 또 다른 사랑을 할 수 없다는 걸 너도 잘 알잖아……. 헬레나만은 내가 사랑할 수 있게 해줘……."
"이미 난 헬레나를 네게 양보했어……."
"헬레나가 내 얘길 듣게 해줘. 내가 어떤 사람인지 알게 해줘. 내가 얼마나 애타게 원하는지, 헬레나 없이는 살 수가 없다는 걸……."
"넌 그 여자를 몰라……."
"아니 잘 알아. 너희 둘 다! 제발 헬레나와 결혼하지 않겠다고 맹세해……."
"누가 결혼한댔어?"
"그럼 내 질투심을 자극하려고 꾸며낸 거야? 하긴 헬레나는 한낱 요부에 지나지 않아. 아니 요부보다 더하지. 한낱……."
"닥치지 못해!"
아벨이 소리쳤다. 호아킨이 입을 다물고 아벨을 쳐다보았다.

"도저히 안 되겠어. 호아킨, 넌 도저히 감당이 안 돼. 정말 구제불능이야."

아벨은 몸을 돌려 밖으로 나갔다.

호아킨은 「고백」에 이렇게 글을 남겼다.

나는 끔찍한 밤을 보냈다. 침대 위에서 몸을 이리저리 뒤척이다가 발작하듯이 베개를 물어뜯었고, 세면대에 놓인 주전자 물을 마시려고 몇 번이고 일어났다. 몸에서 열이 났다. 때때로 악몽을 꾸기도 했다. 둘 다 죽이고 싶다는 생각도 했다. 마치 희곡이나 소설을 창작하는 사람처럼 잔인한 복수를 계획하고 그 둘과 대화하는 상상을 하며 머릿속으로 치밀한 계산을 하기도 했다. 헬레나가 바라는 것은 오직 날 모욕하는 일뿐이고, 날 모욕하려고 일부러 아벨을 사랑하게 된 것 같았다. 그러나 거울 앞에서 한낱 고깃덩어리에 불과한 헬레나가 누군가를 사랑할 리가 없었다. 헬레나를 향한 나의 욕망은 전보다 더 컸고, 전보다 더 격렬했다. 그날 밤 잠이 들다 깨기를 거듭하는 동안, 아벨의 차갑고 둔한 육체 옆에서 내가 헬레나를 소유하는 꿈을 꾸었다. 밤새도록 사악한 욕망과 치밀어 오르는 분노와 더러운 정염과 부질없는 복수심이 한데 뒤엉켜 거대한 폭발을 일으켰다.

날이 밝아오자 마음을 짓누르던 고통이 내 몸과 마음을 지치게 하면서 이성이 다시 돌아왔다. 나는 헬레나에게 아무런 권리도 주장할 수 없다는 걸 알았다. 그러나 아벨은 온 마음을 다해 증오했다. 나는 이 증오의 감정을 숨기기로 마음먹었다. 나는 이 감정을 내 영혼 속으로 깊숙이 밀어 넣고 더 크게 키우리라. 내가 증오, 라고 했던가? 아직 이름을 붙일 때가 아니다. 나는 증오의 무게를 짊어지고 태어난 데다 내 안에 증오의 씨앗이 뿌려진 채 태어난 운명이라는 걸 인정하고 싶지 않았다. 그날 밤, 나는 삶의 지옥 속에서 다시 태어났다.

"헬레나, 호아킨과의 일 때문에 잠을 이룰 수가 없어……."
아벨이 말을 꺼냈다.
"무슨 일 말이에요? 뭣 때문이에요?"
"우리 결혼 계획을 말하면 어떤 반응을 보일까……. 그래도 조금 진정된 듯하고, 우리 관계를 어느 정도 체념한 것도 같은데……."
"그 사람만큼 쉽게 체념하는 사람도 없을걸요!"
"사실 우리 행동이 썩 바람직한 건 아니지."
"뭐라구요? 정말 그렇게 생각해요? 아니 여자가 무슨 동물이에요? 남자끼리 주고받고 빌리고 빌려주고 사고파는 동물이냔 말이에요?"

"내 말뜻은 그게 아니라……."

"그럼 뭐예요?"

"나를 당신에게 소개해준 건 호아킨이잖아. 그래서 당신 초상화를 그릴 수 있었고, 또 그 덕에……."

"그럼 잘된 건데 뭘 그래요! 내가 언제 호아킨과 약혼이라도 했어요? 설령 약혼을 했다손 치더라도 그게 무슨 대수예요! 다 자기 하고 싶은 대로 사는 거지."

"그래도 그게……."

"그래서요? 그래서 미안한 마음이라도 드는 거예요? 나는 말이죠……. 우리가 앞날을 약속한 사이고 당신이 곧 내게 청혼하리라는 걸 세상 사람들이 다 알고 있는 마당에 당신이 지금 날 떠난다 해도, 그래도 호아킨은 싫어요. 당연하죠! 오빠를 받아들이는 일은 결코 없어요. 내게 구혼하려는 남자가 차고 넘칠걸요. 손가락을 다 합한 것보다 더 많아요. 자, 봐요."

헬레나가 가녀리고 긴 두 손을 살짝 들었다. 아벨이 애정을 바쳐 그리던 손이었다. 헬레나가 손가락을 흔들자, 그녀의 손도 따라서 흔들렸다.

아벨은 자신의 튼튼한 손으로 헬레나의 두 손을 잡고 제 입술로 가져가더니 길게 입맞춤했다. 그러고는 헬레나의 입술에…….

"마음 쓰지 말아요, 아벨!"

"그래 맞아. 가엾은 호아킨이 어떻게 느끼고 얼마나 괴로워할지 거기에 너무 신경 쓰다가 우리 행복을 놓치기라도 하면 큰일이야……."

"호아킨이 가엾다구요? 그저 질투하는 것뿐이라구요."

"하지만 헬레나, 질투도 질투 나름이야……."

"흥, 차라리 없어져 버렸으면 좋겠어."

잠시 어두운 침묵이 흐르더니 헬레나가 다시 말했다.

"우리 결혼식에 초대할 거예요……."

"헬레나!"

"뭐가 문제예요? 호아킨은 내 사촌이고, 당신의 절친한 친구인걸. 우리가 만난 것도 호아킨 때문이잖아요. 당신이 안 하겠다면 내가 할게요. 우리 결혼식에 안 온다 해도 좋아요! 온다면, 그럼 더 좋구요!"

5

 아벨이 호아킨에게 곧 있을 결혼식에 관해 어렵게 말을 꺼내자, 호아킨은 이렇게 말했다.
 "그럴 줄 알았어. 취향도 사람 나름이라더니."
 "우릴 이해해줬으면 해……."
 "그럼 이해하지. 내가 정신이 나갔거나 미쳤다고는 생각하지 마. 이제 이해하니까. 난 괜찮아. 너희 둘이 행복하길 빌게……. 나는 결코 다신 그럴 수 없겠지만……."
 "하지만, 호아킨, 내 장담하는데, 너도……."
 "이제 됐어. 그런 얘기는 그만하자. 헬레나를 행복하게 해줘. 그럼 헬레나도 널 행복하게 해줄 거야……. 난 이미 널 용서했어……."

"진심이야?"
"그래 진심이야. 널 용서하고 싶어. 나도 내 삶을 찾아야지."
"그럼 어려운 부탁인 줄 알지만 우리 결혼식에 와줄래? 내 이름으로 초대할게……."
"헬레나 이름으로도……?"
"그럼 물론이지."
"알겠어. 너희 둘의 결혼을 축복하러 갈게."
 이내 호아킨은 예술가에게 어울릴 만한 멋진 물결무늬 권총 두 자루를 아벨에게 결혼 선물로 보냈다.
"내가 싫증나거든 이걸로 직접 당신 머리를 쏴버리라고 보냈나 봐요."
 헬레나가 미래의 남편한테 말했다.
"무슨 말을 그렇게 해? 어떻게 그런 생각을 할 수 있어!"
"무슨 꿍꿍이인지 누가 알아요……? 늘 음모만 꾸미며 사는 사람인데."
 호아킨은 「고백」에 이렇게 썼다.

 아벨이 결혼 소식을 전하고 며칠 동안 내 영혼은 꽁꽁 얼어붙은 듯싶었다. 차가움이 내 심장을 억눌렀다. 얼음에서 뿜어져 나온 흰 연기 때문에 질식할 것만 같았다. 숨쉬기조차 버거웠다. 헬레나를 미워하고 아벨을 더 많이 미워하는 마음은 얼음같이 차가웠고, 그 증오의 뿌리가 내 심장을 짓눌렀다. 그들을 향한 내 증오는 자라서 차츰차츰 돌처럼 단단하게 굳어졌다. 그러나 이 증오는 독초毒草라기보다 내 영혼을 가두는 빙산이었다. 아니, 그보다 내 영혼은 증오로 단단히 얼어붙었다. 이 증오는 투명한 얼음이어서 나는 그 안을 훤히 들여다볼 수 있었다. 그들에게는 잘못이 없었다. 정말 그러했다. 나는 헬레나에게 어떠한 권리도 내세울 수 없었다. 한 여자에게서 사랑을 억지로 요구해서도, 요구할 수도 없었다. 그 둘이 서로 사랑한다면 부부로 맺어지는 것은 당연한 이치였다. 나는 이 점을 모르지 않았다. 그러나 다른 한편으로는 그들을 맺어주고 사랑의 결실을 이루게 한 것도 나이고, 그들이 결혼하는 이유는 다만 날 모욕하기 위한 것이며, 헬레나의 결정은 순전히 내가 고통 받고 격노하는 모습을 보고 싶은 데서, 나를 화나게 하고 나를 아벨 앞에서 욕보이고 싶은 데서 비롯된 것이라는 생각이 나를 흔들었다. 아벨, 아벨로 말하자면, 그가 자만심이 대단한 위인이라 다른 이들의 고통을 과연 눈치 챌 수나 있을지 의문이다. 솔직히 말해 아벨은 다른 이들의 존재 따위에는 관심이 없었다. 기껏해야 나머지 우리는 그가 그리는 그림의 모델이 될 수 있을 뿐이었다. 아벨의 관심은 오로지 자기 자신뿐이었으므로 누구를 증오하는 일도 없었다.

나는 결혼식에 참석했다. 영혼은 증오로 얼어붙어 차가웠고, 심장은 날카로운 얼음으로 뒤덮였다. 혼인 서약을 듣는 동안 얼음이 쪼개져 내 심장이 부서질까 봐 두려웠다. 심지어 불길한 공포를 느꼈다. 내가 이 자리에서 죽는다면, 나는 영원히 얼간이로 남게 되겠지. 나는 장례식에 참석하는 사람처럼 결혼식에 참석했다. 그 결혼식에서 일어나는 일은 무엇이든 죽음 그 자체보다 더 치명적이었다. 죽음보다 더 끔찍했다. 훨씬 더 끔찍했다. 차라리 죽는 게 나을지도 몰랐다.

헬레나는 눈부시게 아름다웠다. 헬레나가 나를 맞을 때, 마치 얼음으로 된 칼이 내 심장을 덮은 얼음을 꿰뚫는 듯싶었다. 헬레나의 동정 섞인 오만한 미소가 내 영혼을 베었다.

"와줘서 고마워요, 가여운 오빠."

헬레나의 이 말을 나는 받아들였다. 아벨, 나는 아벨이 날 제대로 보기나 했는지 의심스럽다.

"우릴 위해 희생해 준 거 고마워."

아벨은 그저 아무 말이나 지껄이기 위해 그렇게 말했다.

"아니, 아니야."

내가 서둘러 말을 가로챘다.

"마음에 둘 것 없어. 전에도 말했잖아, 꼭 참석하겠다고. 그리고 이렇게 왔잖아. 이제 내가 얼마나 이성적인 사람인지 알겠지? 영원한 친구이자 내 형제인 널 이렇게 잃을 순 없지."

내 태도가 그의 흥미를 끌어당긴 게 분명했다. 비록 그다지 즐거운 기분은 아니었겠지만. 그야말로 나는 돈 후안의 이야기 속에 등장하는 석상石像 하객과도 같았다.

파멸의 순간이 가까워 오자, 나는 초를 셨다.

'이제 곧 있으면 나를 위한 모든 것이 파멸할 거야.'

나는 혼잣말로 중얼거렸다. 심장 박동이 멈춘 듯싶었다. 둘이 혼인 서약에 "네"하고 각자 맹세하는 소리가 분명하고도 뚜렷이 들렸다. 헬레나는 그 말을 하면서 나를 바라보았다. 나는 전보다 더 차갑게 변했다. 어떤 충격도 받지 않았고 가슴이 철렁 내려앉지도 않았다. 오히려 지금 내가 듣고 있는 것이 나와 전혀 무관하게만 느껴졌다. 이 때문에 나는 나 자신에게 참기 힘든 공포와 두려움을 느끼며 몸서리쳤다. 나는 스스로 괴물보다 더 사악하게 느껴졌다. 마치 나는 존재하지 않는 듯했고, 그저 하나의 얼음 조각에 지나지 않는 듯싶었다. 이런 상태는 영원히 끝날 것 같지 않았

---

*석상 하객_ 17세기 스페인 작가 티르소 데 몰리나의 희곡인 〈세비야의 농락자와 초대받은 석상〉을 말함. 바람둥이의 전형으로 익히 알려진 돈 후안이 이 작품에서 문학적 주인공으로 처음 등장한다. 옮긴이.

다. 마침내 나는 내 피부를 만지고 나 자신을 꼬집고 맥을 짚어보아야 했다.

'내가 정말 살아 있는 걸까? 나는 정말 내가 맞을까?'

그날 있었던 일을 낱낱이 떠올리고 싶지 않았다. 그들은 나를 뒤에 남기고 신혼여행을 떠나러 식장을 나섰다. 그날부터 나는 책과 연구, 그리고 환자가 하나 둘 늘어나면서 진료에 파묻혀 지냈다. 돌이킬 수 없는 충격에서 비롯된 명료한 정신, 내 안에 영혼이 존재하지 않는다는 내적 발견은 내가 연구에 몰두할 수 있게 한 원동력이었다. 그것은 나에게 위안을 주기보다— 위안 따위는 필요도 없거니와 바라지도 않는다— 큰 야망을 실현하기 위한 밑거름이 되어주었다. 이제부터 나는 열심히 명성을 쌓아 이미 높아지고 있는 아벨의 명성을 제압해야 한다. 하나의 예술 작품이자 한 편의 완벽한 시가 될 나의 과학적 발견이 아벨의 그림을 무색하게 만들어야 한다. 헬레나는 언젠가 깨달아야 한다. 그녀에게 찬란한 영광을 안겨줄 수 있는 사람은 화가인 아벨이 아니라 의사인 나, 그녀가 그토록 싫어하던 바로 나일 거라는 걸. 나는 연구에 온 마음을 다 바쳤다. 이대로라면 그 신혼부부조차도 까맣게 잊을 수 있을 것 같았다! 과학이 내게 마취제이자 흥분제가 되어주길 바랐다.

6

 그 부부가 신혼여행에서 돌아온 지 며칠이 지나지 않아, 아벨이 심한 병에 걸렸다. 호아킨이 연락을 받고 아벨을 진찰하고 치료하기 위해 그들의 집으로 갔다.
 "너무 걱정이 돼요, 오빠."
 헬레나가 호아킨에게 말했다.
 "밤새 헛소리를 하며 오빠 이름을 자꾸 불렀어요."
 호아킨은 친구의 상태를 진지하게 진찰한 뒤, 사촌 헬레나를 뚫어지게 바라보며 말했다.
 "상태가 좋지는 않지만, 어떻게든 살려볼게. 구제받지 못하는 건 오히려 내 쪽이니까."
 "제발 날 위해 그이를 살려줘요."

헬레나가 큰 소리로 애원했다.
"오빠도 이미 알겠지만 아벨은……."
"물론 알고말고!"
호아킨은 그 말을 남기고 그들의 집을 떠났다.
헬레나는 남편 곁으로 달려가 남편 이마에 손을 얹었다. 이마가 불덩이처럼 뜨거웠다. 헬레나는 몹시 걱정이 되었다.
"호아킨, 호아킨, 날 용서해줘. 제발 용서해줘."
아벨이 다시 헛소리를 했다.
"진정해요."
헬레나가 그의 귀에 대고 외쳤다.
"진정해요, 여보. 오빠가 다녀갔어요. 오빠가 치료해주겠대요. 치료하면 낫는대요……. 그러려면 마음을 가라앉혀야 한대요……."
"날 치료해주겠대……?"
환자는 거듭거듭 그 말을 되풀이했다.

집에 온 호아킨은 자기 몸에서도 열이 나는 걸 느꼈다. 얼음 같이 차가운 열이었다.
'만약 아벨이 죽는다면…….'
호아킨은 그런 생각을 하며 옷도 벗지 않은 채 침대에 몸을 던졌다. 만약 아벨이 죽는다면 어떤 일이 일어날지, 그는 상상하기 시작했다. 헬레나는 슬퍼하리라. 호아킨은 미망인이 된 헬레나를 만나 위로하는 말을 건넬 테고, 헬레나는 어느새 과거를 뉘우치며 비로소 호아킨의 진정한 참모습을 다시 보게 되리라. 그다지도 격렬히 복수를 갈망했던 이유와 헬레나를 향한 강렬한 욕망에 대해서도 알게 되리라. 호아킨을 버리고 다른 남자를 택했던 삶이 다만 악몽에 지나지 않았음을 깨닫고 나서 그의 팔에 안기는 헬레나. 그녀가 늘 사랑한 남자는 다른 누구도 아닌 바로 그, 호아킨이었음을 알게 되리라.

"하지만 아벨은 죽지 않을 거야. 내가 죽게 하지 않을 테니까. 아벨을 죽게 해선 안 돼. 내 명성을 위태롭게 하는 짓은 하지 않겠어……. 아벨을 살릴 거야! 아벨은 살아야 해!"

"아벨은 살아야 해!"하고 말하는 순간, 그의 영혼이 강하게 떨기 시작했다. 마치 떡갈나무 잎이 폭풍우 속에서 마구 흔들리듯.

호아킨은「고백」에 이렇게 남겼다.

아벨이 병을 앓는 내내, 나는 견디기 힘든 고뇌에 빠져들어 고통스런 나날을 보냈다. 아무도 눈치 채지 못하게 이렇다 할 증거도 남기지 않고 아벨을 죽게 하는 건 내 의지에 달려 있었다. 환자들을 치료하던 지난 세월 동안 나는 여러 차례 의문의 죽음들을 목격했다. 시간이 흐른 뒤 베일에 싸였던 죽음의 원인이 무엇이었는지는 과부의 재혼과 같은 일련의 사건들을 바라보는 비극적 관점에서 어렴풋이 감지되었다. 나는 내 삶을 타락시키고 암흑으로 만든 사악한 용에 맞서 싸웠다. 나 자신과도 붙어본 적이 없는 싸움이었다. 의사로서 쌓아올린 명성이 위태로웠다. 인간으로서 지켜야 할 자존심, 정신적 평화, 건전한 정신마저 위태로운 지경이었다. 나는 나를 짓누르는 광기에 맞서 싸웠다. 망령이 되어 나를 에워싼 광기를 나는 보았다. 그 어두운 그림자가 내 심장을 스치는 것을 느꼈다. 그러나 끝내 이 모든 고통을 나는 이겨냈다. 나는 사경을 헤매던 아벨을 살려냈다. 이보다 더 운이 따랐던 적도, 더 정확한 진단을 내린 적도 없다. 나는 가장 지독한 불행에 빠져 있었기에 가장 정확한 진단을 내릴 수 있었고 거기에서 가장 큰 행복을 맛보았다.

"이제 네…… 남편은 안심해도 돼."
호아킨이 헬레나에게 말했다.
"고마워, 오빠, 정말 고마워요."

헬레나가 호아킨 손을 덥석 잡았다. 호아킨은 헬레나 두 손에 자기 손을 내맡겼다.

"우리가 오빠에게 얼마나 큰 신세를 졌는지 모르겠어……."

"나도 너희 둘에게 얼마나 큰 신세를 졌는지 몰라……."

"제발, 그런 소리 마요……. 우리가 많은 빚을 진 이상 그런 식으로 말 돌리지 말아요……."

"아니야, 말 돌린 게 아니야. 나도 너희에게 진 빚이 많아. 아벨의 병을 대하고 많은 걸 배웠어. 정말 많은 걸……."

"그럼 아벨을 하나의 실험 대상으로 삼았단 말이에요?"

"아니, 그건 아니야, 헬레나. 실험 대상은 바로 나야!"

"난 오빠를 잘 모르겠어."

"나도 날 전혀 모르겠는걸. 네 남편을 살리기 위해 고군분투하던 지난 며칠간 말이야, 나는……."

"그냥 '아벨'이라고 불러요."

"그래 알겠어. 그의 목숨을 구하려고 애쓰는 동안 나는 나 자신의 병도 연구했어. 그리고 내린 결론은…… 결혼을 하는 거야!"

"아아! 그런데 결혼할 여자는 있어요?"

"아니 아직은 없어. 하지만 곧 찾을 거야. 집도 구하고, 아내도 구할 거야. 헬레나, 날 사랑하는 여자를 찾을 수 있을까?"

"물론이죠. 오빤 분명 찾을 수 있어요. 내가 장담할게!"

"하지만 문제는 날 사랑해줄 여자를 찾는 거야."

"그럼요. 오빠를 사랑해줄 여자를 찾을 수 있어요. 꼭 찾을 거예요."

"내가 좋은 배우자감으로는……."

"물론 오빤 훌륭한 배우자감이에요……. 젊고 가난하지도 않죠. 좋은 미래가 보장되어 있죠. 이제 막 이름을 떨치고 있고, 또 선량하고 친절하고……."

"고맙다……. 그런데 매력은 없지. 그렇지 않아?"

"무슨 말을요. 전혀, 전혀 아니에요. 오빠는 전혀 매력이 없지 않아요."

"아, 헬레나, 내가 다른 여자를 어디서 찾아야 할까?"

"오빠를 사랑할 여자 말이죠……?"

"아니, 결코 날 속이지 않으며 내게 진실을 말하고 날 우롱하지도 않을 여자 말이야, 헬레나, 결코 날 우롱하지 않을 여자를! 그저 부양해줄 남자가 필요해서 자포자기로 나와 결혼한다고 해도 좋아. 하지만 내게 진실을 말해줄 그런 여자를……."

"오빠는 스스로 병들었다고 말했을 때 이미 완전히 나은 거예요. 오빠는 결혼할 자격이 충분해요!"

"헬레나, 남자건 여자건 간에 날 사랑해줄 사람이 이 세상에 있을까?"

"사람은 누구나 자신을 사랑해줄 누군가가 있는 법이에요."

"그럼 내가 내 아내를 사랑하게 될까? 내가 아내를 사랑할 수 있을까? 말해줘, 헬레나."

"오빠도 참, 그야 당연하죠……."

"가장 끔찍한 건 사랑받지 못하는 데 있거나 사랑받을 자질이 부족한 데 있는 게 아니야. 가장 끔찍한 건 사랑할 수 없다는 데 있어."

"마테오 교구敎區 신부님도 악마에 대해 말씀하시면서, 악마는 사랑을 할 수 없다고 하셨죠."

"악마는 지상에, 바로 여기에 있어, 헬레나."

"그만해요. 그런 말 듣기 싫어요."

"그런 말을 나 자신에게 하는 건 더 끔찍하지."

"이제 제발 그만해요!"

 호아킨은 제 자신을 구원하기 위해, 자신의 격정을 다스리기 위해, 여자를 찾는 일에 열중했다. 증오심이 불쑥 고개를 들 때마다 피난처가 되어줄 아내의 팔이, 어둠을 두려워하고 얼음 용龍의 매서운 눈초리를 두려워하는 아이처럼 자기 얼굴을 숨겨줄 아내의 무릎이 필요했다.
 그러던 어느 날, 그의 앞에 박복하고 가엾은 한 여자가 나타났다! 여자의 이름은 안토니아였다.
 안토니아는 어머니가 되기 위해 태어난 여자였다. 그녀는 부드러웠고, 동정심이 많았다. 안토니아는 타고난 본능으로 호아킨의 아픈 영혼을 한눈에 꿰뚫어 보았다. 곧이어 그의 불행을 사랑하게 되었다. 그 이유가 무엇인지 알지 못한 채. 다른 이들의 선의를 믿지 않는 이 의사의 차갑고 퉁명스런 말투에서 안토니아는 묘한 매력을 느꼈다.

안토니아는 호아킨의 환자였던 어느 과부의 외동딸이었다.

"어머니 병세가 호전될까요?

안토니아가 호아킨에게 물었다.

"호전되기 어렵다고 봐야죠. 매우 어려워요. 환자 분은 많이 지쳤고, 무척 쇠약해져 있어요. 그간 충분히 고통스러웠을 겁니다……. 심장이 몹시 약한 상태예요……."

"어머니를 구해주세요. 제발요, 선생님. 할 수만 있다면 어머니를 위해 제 목숨을 바치겠어요."

"그건 불가능합니다. 게다가 또 모르죠. 아가씨 인생이 어머니 인생보다 훨씬 더 가치 있을지……."

"제 인생이요? 무엇을 위해요? 누구를 위해서요?"

"그건 모르는 겁니다……!"

그 가엾은 과부의 죽음은 어느 날 갑자기 찾아왔다.

"어쩔 수 없는 결과였어요. 이럴 때 과학은 무력하기만 하죠."

호아킨이 안토니아에게 말했다.

"네, 신의 뜻인걸요."

"신이요?"

"아!"

안토니아는 호아킨의 메마르고 무정한 얼굴을 뚫어지게 보며 외쳤다.

"선생님께서는 신을 믿지 않으세요?"

"나요……? 나는 그런 거 안 믿습니다……!"

최근에 외톨이가 된 이 박복한 여자는 의사에게 한순간 연민의 감정을 느꼈다. 그 쓰라린 감정으로 말미암아 어머니의 죽음까지도 잊고 말았다.

"신을 믿지 않았다면, 지금 제가 뭘 하고 있었을까요?"

"삶은 모든 문제의 해답을 찾는 과정입니다, 안토니아."

"죽음은 그보다 더한 것도 찾게 해줘요! 지금…… 지금 전 혼자…… 아무도 없이 혼자서……."

"그래요, 고독은 견디기 힘들지요. 대신 덕망 있는 어머니와의 추억이 있잖아요. 신에게 어머니 영혼을 맡기기 위해 살 구실이 있잖습니까……. 그보다 훨씬 더 끔찍한 고독도 있습니다."

"그게 뭐죠?"

"모든 사람한테서 멸시와 조롱을 받는 사람이 느끼는 고독입니다……. 아무에게서도 진실을 들을 수 없는 사람이 느끼는 고독이지요."

"선생님께서 듣고 싶었던 진실은 뭐죠?"

"그럼 지금 이 순간 어머니의 온기가 남은 시신을 걸고 내게 진실을 말해줄 수 있어요? 내게 진실을 말하겠다고 맹세할 수 있나요?"
"네, 맹세해요."
"좋아요……. 그럼 말하죠. 나는 사람들에게 혐오감을 주는 사람이에요. 그렇게 보이지 않나요?"
"아니요. 전혀 그렇게 보이지 않아요!"
"하지만 진실은, 안토니아……."
"아니에요. 그건 진실이 아니에요."
"그럼, 내가 어때 보이나요……?"
"선생님이요? 선생님은 불행해 보여요. 무언가 많이 괴로워서……."

호아킨의 심장을 얼린 얼음이 녹기 시작했고, 눈에서 눈물이 흘러내렸다. 영혼의 뿌리가 흔들릴 만큼 몸이 떨렸다.

호아킨과 요사이 어머니를 여의어 외톨이가 된 여자는 오래지 않아 약혼식을 올렸고, 안토니아가 상을 치르자마자 결혼하기로 약속했다.

호아킨은 몇 년 후「고백」에 이렇게 기록했다.

가엾은 아내, 아내는 날 사랑하려고, 내 병을 낫게 하려고 애썼다. 내가 불러일으켰을 나에 대한 강한 혐오감도 이겨내려고 애썼다. 안토니아는 내게 그런 이야기를 한 적이 없었다. 심지어 그 감정을 이해받으려고 한 적도 없었다. 그러나 어떻게 내게서 혐오감을 느끼지 않을 수 있단 말인가? 더구나 내 타락한 영혼과 추악한 증오심을 아내 앞에 드러낸 마당에. 안토니아는 나환자와 결혼한 것처럼 나와 결혼했다. 분명 나를 동정하는 마음에서, 오, 성스러운 동정심이여, 금욕과 자기희생의 기독교 정신 때문에, 내 영혼을 구제하기 위해 그래서 자신의 영혼도 구원하기 위해 나와 결혼한 것이다. 안토니아는 영웅적 자질인 덕성으로 나와 결혼했다. 안토니아는 성녀였다……! 그러나 안토니아는 헬레나한테서 나를 치료해주지 못했고, 아벨한테서 나를 치료해주지 못했다. 안토니아의 덕성은 나에게 회한만 더해줄 뿐이었다.

안토니아의 부드러움은 나를 초조하게 했다. 안토니아가 사악하고 신경질적이고 오만해졌으면 하고 바랄 때도 있었다. 신이시여, 저를 용서하소서!

 한편, 화가로서 아벨은 이름을 떨쳤다. 아벨은 온 나라에서 가장 유명한 화가 가운데 한 명이 되었고, 그의 이름은 국경을 넘어 타국에까지 알려졌다. 아벨이 떨친 명성은 호아킨에게 적잖은 영향을 미쳤다. 호아킨은 거센 폭풍우가 몰고 온 황량함 같은 기분을 느꼈다.
 "물론, 아벨은 아주 과학적인 화가지. 기교의 대가야. 많은 걸, 아주 많은 걸 알고 있어. 아주 똑똑한 친구야."
 호아킨은 자기 친구를 이야기할 때면 이런 식으로 빈정거렸다. 그를 치켜세우는 듯하면서 깎아내리기 위한 방법이었다.
 사실 예술가를 꿈꾸었던 사람은 호아킨이었다. 호아킨은 자신의 직업을 통해 진정한 시인이 되기를 꿈꾸었다. 천재적이고 창조적이고 직관적인 전문의가 되는 것이었다. 게다가 환자를 받는 일을 그만두고 순수 과학, 병리학 그리고 연구에 힘쓰는 자신을 꿈꾸었다. 그러나 그러기에는 벌이가 매우 좋았다……!

호아킨은 사후에 발견된 「고백」에 이렇게 남겼다.

내가 의학 연구에 매진하는 데 가장 큰 방해가 되는 걸림돌은 결코 수입이 아니었다. 실은 세상에 이름을 알리고 위대한 과학적 명성을 쌓아 아벨의 예술적 명성을 짓밟고 헬레나를 수치스럽게 만들어 그 둘에게, 나아가 다른 모든 사람에게 복수하겠다는 욕망이, 이 광기 어린 야욕이, 의학을 연구하고자 하는 욕심에 불을 지폈다. 이 음울한 열정, 강렬한 악의와 증오를 품은 이 열정 때문에 내 영혼은 타락했다. 아니다. 애초에 연구할 의지가 없었던 것이다. 연구에 전념하기 위해 필요한 순수하고 고요한 영혼이 내게는 없었다. 더구나 환자를 치료하는 일에도 마음을 두지 못했다.

나는 환자를 치료하는 일에 마음을 두지 못했다. 정신이 어수선한 까닭에 아픈 환자들의 병을 치료하는 데 반드시 필요한 고도의 집중력이 자꾸만 흐려졌다. 이 때문에 몹시 걱정이 되기도 했다.

그러던 어느 날 내게 큰 충격을 준 일이 있었다. 그 당시 나는 병세가 위독하지만 아직 절망스럽지 않았던 한 가엾은 여인의 병을 치료하고 있었다. 아벨은 그 여인의 초상화를 그렸다. 그 초상화는 정말 대단한 것이어서, 그의 작품들 중 최고의 그림으로 손꼽을 만한 것이었다. 내가 이 아픈 여인의 집에 들어섰을 때 처음으로 내 시선을 잡아끈 것은, 그리고 내 증오심을 불타오르게 한 것은 바로 이 초상화였다. 초상화 속 여인은 생기 있었다. 병상에 누워 있을 때보다 훨씬 더 생기 있었다. 그 초상화는 내게 이렇게 말하는 듯싶었다.

"아벨은 내게 영원한 생명을 주었어! 네가 내 속세의 목숨을 얼마나 연장할 수 있는지 어디 두고 보겠어!"

병약한 여인이 누워 있는 침대에서 심장 박동을 듣고 맥을 짚어 보는 내내, 내 마음은 그림 속 여인에게 가 있었다. 나는 정신을 잃었다. 완전히 정신을 잃고 말았다. 결과적으로 그 가엾은 여인은 나 때문에 죽었다. 충격을 이기지 못하고 범죄에 가까울 정도로 혼미한 상태에 빠져버린 나머지 그녀를 죽게 했다. 나는 큰 충격에 휩싸인 나머지 나 자신에게, 저주스러운 나 자신에게 공포를 느꼈다.

그 여인이 죽고 며칠 뒤, 나는 다시 그녀의 집을 방문해야 했다. 가족 중에 아픈 사람이 더 있었기 때문이다. 이번에는 그 초상화를 보지 않겠다고 굳게 다짐하며 집으로 들어갔다. 그러나 부질없는 짓이었다. 내가 보든 안 보든 초상화가 나를 보며 내 시선을 강하게 끌어당겼다. 진찰을 마치고 집을 나설 때, 죽은 여인의 남편이 나를 문 앞까지 배웅했다. 우리는 초상화 앞에서 걸음을 멈추었다. 나는 저항하기 힘든 운명적 힘에 이끌린 듯 이렇게 말했다.

"멋진 그림이에요! 아벨의 그림들 가운데 필생의 역작이 될 거예요."

"그렇죠. 이 그림이 제게는 가장 큰 위로가 돼요. 저는 몇 시간이고 이 그림을 바라봅니다. 그림이 제게 말을 거는 것 같아요."

부인과 사별한 남자는 그렇게 말했다.

그 말에 나는 이렇게 덧붙였다.

"아, 그럼요, 그렇죠. 아벨은 위대한 화가니까요."

나는 밖으로 나와 혼잣말로 중얼거렸다.

'나는 여자를 죽게 했고, 아벨은 되살렸어!'

호아킨은 환자들이 하나 둘 죽을 때마다, 특히 아이가 죽을 때면 큰 고통에 시달렸다. 그러나 그밖에 다른 이들의 죽음엔 완전히 무감각했다.

'왜 저런 자가 살려고 기를 쓰는지……?'

그는 어떤 사람한테서는 이런 생각을 품었다.

'저런 인간은 차라리 죽게 하는 게 오히려 은혜를 베푸는 격이 될 거야…….'

호아킨의 관찰력은 정신이 쇠약해질수록 심리학자의 그것만큼 날카로워졌다. 사람들의 마음속 깊숙이 숨겨진 도덕적 고뇌를 직관적으로 빠르게 간파했다. 호아킨은 관례의 허위 이면에서 어떻게 남편들이, 설령 의식적으로 바라지 않았다 하더라도, 아무런 동요 없이 아내의 죽음을 기다렸는지를, 어떻게 아내들이 남편에게서 자유로워지기를 갈망했고, 심지어 이미 결혼한 다른 남자를 소유하기를 갈망했는지를 보았다. 알바레즈라고 하는 한 환자가 죽은 뒤, 그 해에 그의 아내는 죽은 남편의 친한 친구였던 메넨데즈와 결혼했다. 이를 본 호아킨은 속으로 중얼거렸다.

'어쩐지 그의 죽음이 이상하더라니……. 이제야 이유를 알겠군……. 인간이란 동물은 이다지도 비열하구나! 그토록 '정숙'하고 '지조' 있어 보이던 여자가…….'

하루는 환자 한 명이 호아킨에게 이런 부탁을 했다.

"의사 선생님. 부디 절 죽여주십시오. 아무 말 마시고 절 죽여 달란 말입니다. 더는 견딜 수 없어요……. 영원히 잠들

수 있는 약을 제발 주세요……."

'이 환자에게 사는 것이 그저 고통스럽기만 하다면, 바라는 대로 해주는 것이 뭐가 잘못이란 말인가? 마음이 괴롭다! 이 부정한 세상!'

그러나 환자들은 자주 그를 비추는 거울이 되었다.

어느 날 근처에 사는 한 가엾은 여인이 그를 만나러 왔다. 그 여인은 나이를 많이 먹은 데다 그 동안 힘든 일을 해온 탓에 무척 야위고 파리하게 보였다. 남편과는 결혼한 지 25년이 되었는데, 남편이 어떤 방탕한 여자와 바람을 피웠다는 것이다. 남편에게 버림받은 이 여인은 의사에게 자기 문제를 하소연하러 왔다.

"아아, 선생님! 선생님께서는 저보다 훨씬 많은 걸 알고 계실 테니 어디 말씀 좀 해주세요. 그 방탕한 계집이 남편에게 미약媚藥을 먹였는데, 우리 불쌍한 남편을 치료할 약이 있을까요?"

"부인, 미약이라니요?"

"남편이 그 여자와 살겠다고 나간답니다. 25년을 같이 살았는데, 이제 와서 절 두고 떠나겠대요……."

"부인이 새색시였을 때 떠났다면 그게 더 이상한 일이었

---

*미약_ 성욕을 불러일으키는 약. 옮긴이.

겠지요. 그때 부인은 젊고 또……."

"아니에요, 선생님, 그런 게 아닙니다! 남편 마음이 변한 건 그 여자가 미약을 먹여서예요. 그렇지 않았다면, 그럴 리가……그럴 리가 없……."

"미약이라, 미약이라……?"

호아킨이 중얼거렸다.

"네, 선생님. 미약이요……. 선생님은 아는 것도 많으시니 남편을 위해 치료약을 지어주세요."

"아, 부인, 젊음과 원기를 되찾아주는 약이라면 이미 오래전부터 선조들이 찾아 헤맸지만, 모두 헛수고였지요……."

그 가엾은 여인이 쓸쓸히 발길을 돌렸을 때, 호아킨은 생각했다.

'저 불행한 여자는 거울에 비친 자기 모습을 보지도 않는 건가? 오랜 세월을 고되게 일하며 보낸 흔적이 초췌한 몰골로 나타난 것을 정녕 보지 못하는 걸까? 이 마을 사람들은 모든 것을 미약과 질투 탓으로만 돌리는구나……. 일이 잘 안 풀리면……그저 질투 탓을 하지……. 계획이 뜻대로 되지 않으면…… 그건 질투 탓이라 하지. 자기 불행을 다른 이들의 질투 탓으로 돌리는 사람이야말로 질투심이 강한 사람이야. 허나 우리는 모두 그렇지 않나? 혹시 나도 무슨 약

을 마신 것이 아닐까?'
 다음 며칠 동안, 호아킨 머릿속은 미약에 대한 생각으로 가득했다. 마침내 그는 이렇게 결론 내렸다.
 '그것이야말로 원죄야!'

9

 호아킨은 은신처를 찾아 안토니아와 결혼했다. 그 가엾은 여인은 처음부터 자신의 아내 노릇이 무엇인지를 헤아리고 있었다. 남편의 방패와 안식처가 되어 남편 마음을 위로하고 다독이는 것이 안토니아가 맡은 일이었다. 안토니아는 병약한 남자를 남편으로 맞았다. 도무지 치료하기 어려운 정신적 병을 가진 남자였다. 안토니아의 임무는 간호사가 되는 것이었으리라. 안토니아는 자신의 동반자로 함께 살아갈 남편의 불행을 불쌍히 여기고 남편을 사랑해서 자기 운명을 기꺼이 받아들였다.

 안토니아는 자기와 호아킨 사이에 보이지 않는 벽이, 얼음으로 된 투명한 벽이 놓여 있음을 느꼈다. 호아킨은 아내와 하나가 될 수 없는 남자였다. 그는 자기 자신과 하나가 될 수 없을 뿐더러 자기 자신의 주인이 될 수도 없는 사람이었기 때문이다. 대신 주변을 멀리하고 무엇에 홀린 듯 지냈다. 심지어 부부 관계를 갖는 동안에도 눈에 보이지 않지만 우울함을 예고하는 어두운 그림자가 둘 사이에 드리워져 있었다. 남편의 키스는 광기 어린 키스일 때를 빼놓고는 열정이 식은 키스에 가까웠다.

호아킨은 아내 앞에서 사촌누이 이야기를 거의 하지 않았다. 안토니아는 그가 일부러 헬레나를 피한다는 걸 단번에 눈치 채고는 기회 있을 때마다 헬레나를 화제에 올렸다.

그러나 어느새 안토니아도 헬레나 이야기를 더는 입 밖에 내려고 하지 않았다.

어느 날, 호아킨은 아벨 집에 왕진을 갔다. 거기서 호아킨은 헬레나가 결혼의 결실인 아이를 임신한 사실을 알았다. 그런 반면, 안토니아에게는 아직 소식이 없었다. 그 순간 모욕적이고 수치스러운 망상이 이 불행한 의사를 흔들어 놓았다. 어떤 악마가 그를 조롱하고 있었다.

"이제 알겠나? 아벨은 너보다 훨씬 훌륭해. 네 우둔함 때문에 죽었던 사람들을 부활시켜 영원불멸의 생명을 준 건 아벨이야. 아벨은 아이를 가지게 될 거야. 그의 새 생명이 태어나게 될 거다. 아벨이 자신의 살과 뼈와 피로 창조한 작품이지. 그런데 너는 뭐지……. 아마도 너는 그럴 자격조차 없는 듯한데……. 아벨은 너보다 훨씬 훌륭해!"

호아킨은 우울하고 심각한 얼굴로 은신처인 자기 집으로 돌아갔다.

"아벨 집에 갔었군요?"

아내가 물었다.

"응. 그런데 어떻게 안 거요?"

"얼굴에 다 쓰여 있는걸요. 그 집은 당신에겐 고통이에요. 거기 가지 말아요……."

"어떻게?"

"안 가면 되잖아요! 정신 건강과 마음의 평화가 더 중요하다구요……."

"괜한 걱정이야……."

"여보, 숨기려고 들지 말아요……."

안토니아는 눈물 때문에 목이 메어서 말끝을 맺지 못했다. 끝내 바닥에 주저앉아 흐느꼈다. 그녀의 눈물은 몸에서 뿌리째 뽑혀 나올 듯했다.

"갑자기 왜 그러는 거요……?"

"말해 봐요. 무엇 때문에 그렇게 괴로운지. 내게 비밀을 말해줘요. 어서요······."

"내가 숨길 게 뭐가 있다고. 난 떳떳해······."

"어서요, 진실을 말해줘요, 여보. 진실을요."

한동안 호아킨은 보이지 않는 적, 그를 감시하는 악마와 싸우는 것처럼 망설이더니, 갑자기 굳은 결심을 한 듯 결연하게 말했다.

"좋아, 진실을 말해주지. 있는 대로 다 말할게!"

"헬레나를 사랑하죠? 지금도 사랑하고 있구요."

"아니야! 아니야! 한때 사랑했지만 지금은 아니야."

"그렇다면······?"

"그렇다면?"

"그렇다면 무엇 때문에 그렇게 괴로운 거예요? 그 집, 헬레나 집이 당신을 괴롭히는 고통의 원천이 아니었나요? 그 집이 있어 당신 마음이 평화롭지 못한 거잖아요. 그건 헬레나 때문······."

"헬레나 때문이 아니야! 아벨 때문이야!"

"아벨을 질투해요?"

"그래, 아벨을 질투해! 아벨을 증오해, 아벨을 증오해, 아벨을 증오해."

호아킨은 주먹을 꽉 쥔 채 이를 악물고 그렇게 내뱉었다.

"아벨을 질투하는 건…… 헬레나를 사랑하는 게 분명해요."

"아니, 헬레나를 사랑하지 않아. 헬레나가 다른 남자와 결혼했다면 그 남자를 조금도 질투하지 않았을 거야. 난 헬레나를 사랑하지 않아. 헬레나를 경멸해. 허영에 찬 공작새 같은 그 여자를 경멸해. 자기 미모를 팔고 유명한 화가의 모델이자 아벨의 여자인……."

"제발, 여보, 그만……!"

"헬레나는 아벨의 여자야……. 아벨의 합법적인 여자. 성직자의 기도로 남녀 간의 한낱 정사가 결혼으로 바뀌는 것은 어떻게 생각해?"

"여보, 우리도 그렇게 결혼했는걸요……."

"우리가 그들처럼? 천만에! 그들이 결혼한 것은 오로지 날 경멸하고 모욕하고 모독하기 위한 거요. 날 조롱하려고 결혼한 거야. 날 괴롭히기 위한 거야."

그 가엾은 남자는 눈물을 터뜨리며 숨을 헐떡였다. 당장이라도 죽을 것처럼 보였다.

"안토니아…… 안토니아……."

호아킨이 목멘 목소리로 중얼거렸다.

"우리 가엾은 아기!"

안토니아가 그를 끌어안으며 말했다.

안토니아는 손을 뻗어 호아킨 머리를 자기 무릎 위에 살며시 내려놓고 마치 아픈 아이를 달래듯 쓰다듬었다.

"진정해요, 나의 호아킨, 진정해요……. 내가 여기 있잖아요. 당신 아내가 여기 있잖아요. 나는 당신의 전부예요. 오직 당신의 것이에요. 당신 비밀을 모두 안 이상 나는 전보다 더 많이 당신에게 속한 거예요. 전보다 더 당신을 사랑해요……. 그들은 잊어버려요……. 그들을 경멸하세요……. 그런 여자가 당신을 사랑했다면 오히려 나쁜 일이 일어났을 거예요."

"알아. 하지만 아벨은, 안토니아, 아벨은……."

"이제 신경 쓰지 말아요!"

"그럴 수가 없어……. 언제나 나를 따라다니는걸……. 아벨의 명성과 명예가 어디든 날 따라다녀……."

"당신도 연구에 힘쓰면 명성과 명예를 얻을 수 있어요. 당신이 그 사람보다 못한 게 뭐예요. 병원 일은 그만둬요. 지금 당신에게 필요한 건 그게 아니에요. 우리 레나다로 가요. 부모님이 물려준 집이 있어요. 거기서 당신이 가장 좋아하는 일을 해요. 명성을 쌓을 수 있는 의학 연구에 매진하는 거예요……. 내가 열심히 도울 게요……. 그곳에서라면 연구에만 매달릴 수 있을 거예요……. 그래서 아벨보다 훨씬 뛰어난 업적을 이루면……."

"그러긴 어려워, 안토니아, 그러긴 어려워. 아벨이 이룬 성공 때문에 난 잠을 제대로 잘 수 없고, 차분히 무언가에 전념할 수도 없어……. 아벨의 끔찍한 그림들이 환영이 되어 내 눈과 현미경 사이를 가로막고 말 거야. 남들이 보지 못한 무언가를 보려할 때도 방해가 될 거야……. 안토니아, 그러긴 어려워……그러긴……."

아이처럼 목소리를 낮추고 굴욕의 심연에 빠진 자기 모습에 놀란 듯 말을 더듬으며, 호아킨이 흐느꼈다.

"그들은 아이도 가질 거야, 안토니아……."

"우리도 곧 가지게 될 거예요."

안토니아는 호아킨 귀에 대고 그렇게 속삭이며 입맞춤했다.

"성모 마리아께서 내 기도를 저버리지 않으실 거예요. 날마다 기도드리고 있어요……. 루르드의 성수$_{聖水}$를……."

"당신도 미약 따위를 믿어, 안토니아?"

"난 신을 믿어요!"

'난 신을 믿어요.'

---

*루르드_ 프랑스 남서부 피레네산맥 북쪽 기슭에 있는 작은 도시. 이곳의 마사비엘 동굴에서 성모 마리아의 환영이 목격되었고, 나중에 그 동굴의 샘물은 신통한 효험이 있는 성수로 소문나서 병 치료를 위해 많은 사람들이 찾는다고 한다. 옮긴이.

호아킨은 혼자 있을 때, 아니 자기 안의 또 다른 존재와 단둘이 있을 때 망상에 사로잡힌 상태에서 그 말을 되뇌었다.
'신을 믿는다는 게 뭐지? 신은 어디에 있지? 나는 신을 찾아야 해!'

10

호아킨은 「고백」에 이렇게 남겼다.

 아벨이 아이를 가졌을 때, 내 안의 증오는 더욱 들끓었다. 아벨은 내게 출산이 곧 다가온 헬레나의 아이를 받아 달라고 부탁했다. 그러나 나는 분만이 내 소관이 아닌데다— 그것은 사실이었다— 만약 내 사촌이 걱정하는 대로 분만 도중 위험한 상태에 빠지기라도 하면 나 스스로 냉정함을— 그보다 무감각, 이라고 표현했어야 했다— 유지하기 어려울 것이라고 둘러대며 그의 부탁을 거절했다. 그러나 내 안의 악마가 내게 잔인한 유혹을 던졌다.
 '그러겠다고 해. 그래서 아무도 모르게 그 아이를 질식시

켜 버려.'

 나는 가까스로 나 자신을 이겨냈고, 이 끔찍한 생각을 떨쳐버렸다.

 아벨의 아이는 다들 입을 모아 감탄할 만큼 아름다웠고, 그 어떤 아이보다 건강하고 활기찼으며, 마치 작은 천사와도 같았다. 예술가로서, 그뿐만 아니라 남자로서 아벨이 거둔 새로운 승리는 내가 안토니아와 더 자주 결합하는 계기가 되었고, 이로써 나는 내 아이를 머지않아 가질 수 있다는 기대를 품었다. 나는 내 아내를 이용하고자 했다. 나는 내 맹목적 증오의 이 가엾은 희생자— 진짜 희생자는 나 자신보다 내 아내였다— 를 이용할 필요가 있었다. 악마한테서 고통 받던 내 살과 심장과 창자로 만들어진 내 아이들의 엄마로 아내가 필요했다. 안토니아는 내 아이들의 엄마가 될 것이며, 그런 이유로 다른 아이들의 엄마들보다 우월하리라. 불행한 여자인 안토니아는 사람들에게 반감을 불러일으키고 경멸과 멸시를 받는 나를 선택했다. 안토니아는 다른 여자가 경멸과 비웃음으로 거부했던 나를 받아들였다. 심지어 내 앞에서 그자들을 좋게 말하기까지 했다!

 아벨의 아들은 아벨 2세였다. 부모는 아이에게 아버지의 이름을 물려주었다. 그 작은 아이가 아벨의 혈통과 명성을 그대로 물려받을 듯이. 언젠가 내 복수의 도구가 될 어린 아벨은 놀랄 만큼 눈부신 아이였다. 나는 어린 아벨 같은 아이를, 아니, 훨씬 더 아름다운 아이를 원했다.

11

"요즘 그리는 그림은 뭐야?"

어느 날 호아킨이 아벨에게 물었다. 그 의사는 아이를 보러 아벨 집에 왔고, 아이를 보고 나서 화가인 그를 만나러 그의 서재에 들렀다.

"역사화를 그릴 예정이야. 구약 성서의 한 장면을 사실대로 그리려고 해. 지금 사료를 수집 중이야……."

"어떻게? 그 시대의 모델들을 찾게?"

"아니, 성서와 관련 서적들을 읽고 있어."

"자네가 과학적 화가라는 내 말은 틀리지 않았군……."

"그럼 자넨, 예술적 의사겠군?"

"과학적 화가보다 더 나쁜 건 문학적 화가야! 붓으로 문학을 만들지는 말게!"
"충고 고마워."
"그림 주제는 무엇으로 할 거지?"
"최초로 형제를 살해한 카인과 카인의 손에서 죽임을 당한 아벨에 대한 거야."

호아킨은 움찔했다. 자신의 가장 오랜 친구를 빤히 쳐다보며, 감정을 애써 억누른 목소리로 물었다.

"어떻게 그 생각을 한 거야?"
"꽤 간단해. 순전히 이름 때문이었어. 내 이름도 아벨이잖아……. 벌써 누드화 두 점을 습작으로 그려 두었어……."

아벨은 친구가 묻는 말의 의미를 알아차리지 못한 채 대답했다.

"벌거벗은 육체를……?"
"영혼까지도 벌거벗었지……."
"그들의 영혼을 그리겠다는 거야?"
"물론이지! 카인의 영혼은 질투의 영혼이야. 그리고 아벨의 영혼은……."
"어떤 영혼이지?"
"그게 참 어렵다니까. 지금 알아내려고 노력 중이야. 한데 마땅히 어떻게 표현해야 할지 모르겠어. 내가 그리고 싶은 건 형한테 심한 상처를 입은 채 내동댕이쳐진 뒤 죽어가는 아벨 모습이야. 이미 창세기는 읽었고, 지금은 바이런 경의 <카인>을 읽고 있어. 혹시 읽어봤어?"

"아니. 그건 그렇고 성서에서 알아낸 거라도 있어?"

"뭐 별로······. 들어 봐."

아벨은 그 책을 손에 들고 소리 내어 읽기 시작했다.

"아담은 하와가 임신한 사실을 알았고, 카인을 낳았을 때 이렇게 외쳤다. "하느님이 우리에게 아들을 주셨어!" 이윽고 하와는 아벨을 낳았다. 아벨은 양치기가 되었고, 카인은 농부가 되었다. 때가 되어 카인은 땅에서 추수한 곡식을 하느님께 제물로 바쳤다. 아벨도 자기가 기르는 가축들 가운데 처음 태어난 놈을, 그 중에서도 가장 기름진 놈을 하느님께 제물로 바쳤다. 하느님은 아벨과 아벨의 제물을 반기시고, 카인과 카인의 제물을 반기지 않으셨다······."

"어째서지?"

호아킨이 아벨의 말을 가로챘다.

"어째서 아벨의 제물은 반기고 카인과 카인의 제물은 반기지 않은 거지······?"

"그 언급은 여기 없어······."

"그림을 시작하기 전 스스로 그런 질문을 해본 적 없어?"

"아직은……. 아마도 앞날에 카인이 형제를 살해하리라는 걸 미리 아셨던 게 아닐까? 카인은 미움을 살 만한……."

"카인이 미움을 살 만한 인간이었다면, 그것은 신이 그렇게 만들었기 때문이야. 아니면 미약을 주었든가. 또 읽어 봐."

"카인은 몹시 화가 나 표정이 어두워졌다. 하느님이 카인에게 말씀하시기를, "너는 왜 그렇게 화가 났느냐? 어찌하여 어두운 표정을 짓고 있느냐? 네가 옳게 행동한다면 왜 나를 맞지 못하는 것이냐? 네가 마음을 잘못 먹는다면, 죄가 당장 네 문 앞에 도사리고 앉아 너를 노릴 것이다. 너는 그 죄를 다스려야 하느니라. 그 죄에 굴레를 씌워야 하느니라……."

이때 호아킨이 다시 말을 가로챘다.

"대신 죄가 카인에게 굴레를 씌웠지. 신이 그를 저버렸기 때문에. 마저 읽어 봐."

"카인은 동생 아벨을 꾀어 함께 들로 나갔다. 들에 다다랐을 때, 카인이 동생에게 달려들어 동생을 죽이고 말았다. 하느님이 카인에게 물었다……."

"이제 됐어! 더 읽을 필요 없어. 그 전에 아무 도움도 주지 않은 여호와가 카인에게 무슨 말을 했는지는 관심 없어."

호아킨은 탁자에 팔꿈치를 올려놓고 두 손으로 턱을 괴었다. 그리고 아벨을 날카로운 눈초리로 차갑게 응시했다.

아벨은 영문도 모른 채 놀란 얼굴이 되었다. 호아킨이 입을 열었다.

"성경을 배우는 아이들을 상대로 재미 삼아 하는 놀이가 있는데, 들어본 적 있어?"

"아니."

"아이들에게 '누가 카인을 죽였지?'하고 묻는 거야. 그럼 아이들은 당황하며 '동생 아벨이'하고 대답하지."

"처음 듣는 얘긴데."

"지금 들었잖아. 아벨, 성서의 내용을 그려 성서가 뭔지를 보여준다고 하니 묻겠어. 카인이 아벨을 죽이지 않았다면, 언젠가 아벨이 카인을 죽였을 거라는 생각은 안 해봤어?"

"어떻게 그런 생각을 하지?"

"신은 아벨이 바친 양을 기쁘게 받아들였고, 양치기 아벨은 신의 거룩한 은총을 온몸으로 느꼈어. 하지만 카인은 자신이 바친 곡식뿐만 아니라 자기 자신조차도 신의 외면을 받았어. 신이 사랑한 것은 아벨이었어. 카인은 신의 버림을 받았던 거야……."

"그런 게 아벨의 잘못은 아니잖아?"

"좋은 운을 타고나고 날 때부터 인기를 독차지하는 사람은 잘못이 없다고 생각해? 아무런 노력 없이 거저 얻은 혜

택과 특권을 감추지 않은 잘못이 있어. 그것들을 부끄럽게 여기지 않은 잘못이 있어. 이 은총을 과시하는 대신 감추지 않은 잘못이 있다구. 아벨은 카인 앞에서 자신이 입은 은총을 보란 듯이 뽐내고 신께 바쳤던 제물에서 피어오른 연기로 카인을 모욕했을 게 틀림없어. 스스로 올바르고 공정한 부류에 속한다고 생각하는 사람들은 그들이 생각하는 '정의'의 허식 아래서 다른 사람들을 서슴없이 짓밟는 거만한 자들이야. 누군가는 이렇게 말했어. '고결한' 자들보다 더 천한 부류도 없다……."

"자넨 아벨이 자신의 좋은 운을 과시했다고 확신하는 거야?"

그 화가는 대화가 심각한 방향으로 흐를까 봐 걱정하며 물었다.

"물론. 게다가 아벨은 형에 대한 존경심도 보이지 않았을 거야. 아벨이 신께 형에게도 똑같은 은총을 베풀어 달라고 간청했을 리가 없지. 나는 한 가지 더 알고 있어. 아벨의 후예들은 지옥을 만들어 카인의 후예들을 그곳에 처넣었어. 그런 장소가 없었다면, 자기들이 입은 은총이 무미건조하게 느껴졌을 테니. 그들은 괴로움에서 멀찌감치 떨어져서는 다른 이들의 괴로움을 지켜보며 즐거워하지."

"호아킨, 호아킨, 아무래도 자네 치료 좀 받아봐야겠어!"

"그래 자네 말이 맞아. 아무도 자기 자신을 치료할 순 없지……. 바이런 경의 <카인>을 빌려줄 수 있나? 한 번 읽고 싶군."

"자, 여기 있네."

"마지막으로 하나만 묻지. 자네 아내가 그림의 영감을 주었나? 아내에게서 아이디어를 떠올린 건가?"

"내 아내……? 이 비극에는 여자가 등장하지 않아."

"모든 비극에는 여자가 있어."

"그럼 아마도 하와겠지……."

"아마도…… 둘에게 같은 젖을 줬던 여자, 어쩌면 무슨 약을 탔을지도……."

12

 호아킨은 바이런 경의 <카인>을 읽었다. 나중에 「고백」에 이렇게 남겼다.

 이 책이 내게 미쳤던 영향은 실로 두려운 것이었다. 나는 내가 느낀 감정들을 표현할 필요를 느꼈기에 이 감정들을 글로도 남겼다. 지금도 그 기록이 남아 있고, 지금 이 순간 여기 내 앞에 놓여 있다. 글로 남겨뒀던 건 그저 마음의 짐을 덜어내기 위한 것이었을까? 아니다. 나는 분명 한 권의 훌륭한 책을 집필하는 날에 이 기록들을 써 먹으리라고 생각했었다. 허영은 우리를 좀먹는다. 우리는 우리의 가장 은밀하고 가장 비참하기 짝이 없는 무능함을 웃음거리로 만든다. 문득 그 전까지 아무에게도 발견된 적 없는 위험한 종양을 가지길 원했던 어느 남자가 떠올랐다. 오로지 그 사실을 떠벌리고, 자신이 그 종양에 맞서 얼마나 처절하게 싸우고 있는지 으스대기 위해. 예를 들면, 이 「고백」이야말로 다만 내 영혼의 짐을 덜고자 하는 그 이상의 무언가를 위한 게 아니겠는가?

나는 이 기록에서 나 스스로 자유로워지기 위해 이것을 갈기갈기 찢어버릴까도 생각했다. 그러나 과연 내가 자유로워질까? 아니다! 나 자신을 소진하는 것보다 구경거리로 만드는 편이 낫다. 따지고 보면 말하고 행하는 삶이란 그 자체가 구경거리에 지나지 않는다.

바이런의 <카인>은 핵심을 찔렀다. 자기 부모가 생명의 열매가 아닌 지식의 열매를 딴 사실에 카인은 얼마든지 비난할 자격이 있었다! 나에게, 지식은 어쨌든 상처를 더욱 악화시킬 뿐이다.

살지 않았더라면 좋았을 것을! 나는 카인과 함께 이렇게 말한다. 나는 왜 태어났을까? 왜 살아야 하나? 내가 이해할 수 없는 건 카인이 왜 자살을 선택하지 않았느냐는 점이다. 그랬다면 인류를 위한 가장 고귀한 시작이 되었을 텐데. 아담과 하와는 저주받은 땅으로 쫓겨났을 때 그리고 두 아이를 낳기 전에 왜 자살하지 않았던 걸까? 아마도 여호와는 또 다른 카인과 아벨을 창조하셨겠지? 다른 세계에서도, 수많은 별 어딘가에 있는 다른 세계에서도 이 같은 비극이 되풀이되지 않았을까?

어쩌면 그 비극은 다른 어딘가에서 재연되었을지 모른다. 지구상에서 초연으로는 족하지 않았으므로. 그렇다면 그 비극은 최초의 상연이었던 걸까?

마왕이 카인에게 그의 불멸을 선언하는 대목을 읽었을 때, 나는 나 자신과 나의 증오 또한 불멸하지 않을까 하는 두려움에 휩싸이기 시작했다. 나에게도 영혼이 있을까? 나는 자신에게 물었다. '증오도 나의 영혼일까?' 마침내 나는 생각했다. 증오는 다른 무엇이 될 수 없다고. 그러한 증오는 육체의 한 부분일 리가 없다고. 외과용 메스로도 내가 다른 이들의 내부에서 찾을 수 없던 것을 나는 나 자신의 내부에서 찾았다. 부패하기 쉬운 유기체는 내가 증오했던 것만큼 증오할 수 없었다. 마왕은 신이 되기를 갈망했고, 나는 어린 시절부터 줄곧 다른 모든 사람들을 말살하고 싶다는 갈망을 하지 않았나? 모든 불행의 조물주가 나를 그런 식으로 만들지 않았다면 나는 어떻게 그렇게 불행할 수 있었을까?

아벨이 양을 돌보는 데는 그다지 애쓸 필요가 없었다. 또 다른 아벨이 그림을 그리는 데 애면글면 수고하지 않듯이. 그러나 나는, 환자들의 병을 정확히 진단하기 위해 많은 노력이 필요했다.

카인은 아다가, 그가 사랑하는 아다, 그의 아내이자 누이인 아다가 그를 짓누르던 마음의 고통을 이해하지 못한다고 불평했다. 하지만 나의 아다, 나의 가엾은 아다는 내 마음을 십분 이해했다. 사실, 그녀는 기독교도였다. 그러나 끝끝내 나 또한 그녀에게서 어떤 공감을 찾지 못했던 것이다.

바이런의 <카인>을 읽고 또 읽기 전까지, 나는 그토록 많은 사람들의 죽음을 지켜봤으면서도 죽음에 대해 생각하지 않았고, 죽음을 발견하지도 못했다. 문득 궁금해지기 시작했다. 내가 나의 증오와 파멸할지, 그렇지 않으면 나의 증오가 나와 파멸할지, 또는 나의 증오가 나보다 더 오래 남게 될지를. 증오가 증오자보다 더 오래 살아남을까? 증오가 구체적인 무언가라면, 다른 이들에게도 전염되지 않을까? 나는 생각했다. 증오가 영혼인지, 그것도 영혼의 정수인지를. 나는 지옥을 그리고 죽음을 하나의 실체이자, 악마이자, 육신으로 만들어진 증오이자, 영혼의 신으로 믿기 시작했다. 과학이 내게 설명해주지 않았던 모든 사실을, 위대한 증오자 바이런 경의 소름끼치는 시가 내게 알려주었다.

나의 아다도 내 일이 잘 풀려가지 않았거나 잘될 수 없었던 처지에서 나를 남몰래 비웃었으리라. 마왕은 나의 아다와 나 자신 사이에 서 있었다.

"악령을 멀리해요!"

나의 아다는 외쳤다. 가엾은 안토니아! 그녀는 악령한테서 자신도 구해 달라고 나에게 애원했다. 이 세력들을, 나의 가엾은 아다는 내가 혐오하는 만큼 혐오하지 못했다. 나는 안토니아를 진심으로 사랑했을까? 아아, 내가 안토니아를 사랑할 수 있었다면, 나는 구원받았으리라. 내게 안토니아는 복수의 또 다른 수단이었다. 나는 안토니아가 내 원한을 풀어줄 내 아들 또는 딸의 어머니가 되어주길 바랐다. 그토록 순진한 생각을 했지만, 나는 내가 아버지가 되기만 하면 이 모든 고통을 치유받게 되리라고 생각했다. 허나 다만 나 같은 증오의 존재를 낳기 위해, 내 증오를 퍼뜨리기 위해, 이로써 내 증오를 영원불멸하게 만들기 위해, 결혼을 한 것은 아니었을까?

우주의 심연에서 카인과 마왕 사이에 벌어지는 일들은 내 영혼에 깊이 새겨졌다. 마치 불도장에 찍히기라도 한 듯싶었다. 나는 내 죄의 관점에서 나의 과학을 보았고, 죽음을 퍼뜨리기 위해 생명을 부여하는 비참함을 보았다. 그리고 나는 이 불멸의 증오가 내 영혼을 이루는 것도 똑똑히 보았다. 내가 생각하기에, 이 증오는 나의 출생 이전부터 시작되었음이 분명하며, 나의 죽음 이후에도 영원히 지속되리라. 영원토록 혐오하기 위해서 나 자신이 살고 있다는 생각에 두려움으로 온몸이 떨렸다. 이것은 지옥이었다. 그 전만 해도 지옥을 믿는 사람들을 비웃던 내가 아니던가! 그러나 틀림없는 지옥이었다!

아다가 카인에게 그의 아들 에녹을 이야기하는 대목에서 내가 반드시 가지게 될 아들 또는 딸에 대해서 생각했다. 나는 너를 생각했다. 나의 구세주이자 나의 위안이 되는 내 딸아. 어느 날 네가 나를 구원하러 이 세상에 오게 될 때를 생각했다. 카인이 천진하게 자고 있는 아들, 자신이 벌거벗은 줄도 모르는 천진한 아들에게 말하는 대목을 읽으면서, 내가 너를 태어나게 한 일이 어쩌면 죄를 저지르는 건 아닌지 생각했다. 내 가엾은 딸아! 너를 태어나게 한 아비를 용서해주겠니? 아다가 카인에게 말하는 대목을 읽으면서, 나는 아직 복수를 생각하지 않았던 때를, 다른 이들을 앞지르겠다는 욕망을 느끼지 않았던 때를, 그때야말로 천국이었음을 기억했다. 아니다, 나의 딸아, 아니다. 나는 순수한 마음으로 학문을 제물로서 신께 바치지 않았다. 나는 진실과 지식을 추구하지 않았다. 대신에 상과 명성과 그자보다 더 뛰어나게 보일 수 있는 기회만을 노렸다.

그자, 아벨은 순수한 동기로 예술을 사랑했고, 예술적 재능을 계발했다. 게다가 나를 위압하려고 애쓰지도 않았다. 내 평화를 깨뜨린 건 아벨이 아니었다. 그런데도 나는 아벨의 제단을 무너뜨릴 궁리만 하다니, 이 얼마나 미친 짓이냐! 문제는 내가 나 자신만을 생각했다는 데 있었다.

이 불경하기 짝이 없는 악마의 시인이 아벨의 죽음을 묘사하는 대목은 내 눈을 멀게 했다. 사방이 어둡게 느껴졌다. 현기증이 났고 속이 메스꺼웠다. 그날부터 사악한 바이런 덕분에 나에게 믿음이 생기기 시작했다.

 안토니아는 호아킨에게 딸을 낳아주었다.
 '딸이라. 아벨은 아들을 가졌는데!'
 호아킨은 생각했다.
 그러나 호아킨은 그의 악마가 꾸민 새로운 계략에서 곧 회복되었다. 온 마음을 바쳐 딸을 사랑하기 시작했고, 딸 덕에 그녀의 어머니도 사랑하기 시작했다.
 '내 딸이 나를 위해 복수해줄 거야.'
 그의 딸이 무엇을 위해 복수해야 하는지도 모른 채, 호아킨은 처음에 그렇게 생각했다. 그렇지만 나중엔 이렇게 생각했다.
 '내 딸이 나를 구원하고 정화해줄 거야.'

호아킨이 「고백」에 남긴 글은 이러했다.

나는 내 딸을 위해 이 기록을 버리지 않기로 했다. 내가 죽으면 내 딸이 이 가엾은 아버지에 대해 알게 될지도 모른다. 이 아버지를 동정하고 사랑하게 될지도 모른다. 요람에서 천진한 얼굴로 꿈을 꾸며 자는 내 딸을 보았을 때, 나는 딸을 순수하게 기르고 교육하기 위해 먼저 어두운 욕망으로 가득 찬 나의 더러움을 깨끗이 씻어내고 썩어 문드러진 내 영혼을 정화해야 한다고 생각했다. 그리고 내 딸이 모든 사람을 사랑하도록, 특히 그들을 사랑하도록 만들겠다고 다짐했다. 내 딸의 순수한 장래를 걸고 나는 지옥의 쇠사슬에서 벗어나기로 맹세했다. 나는 아벨의 영광을 알리는 선포자가 되겠다고 맹세했다.

아벨 산체스가 역사화를 완성하고 나서 큰 전시장에서 선보였을 때, 그림에 대한 찬사는 실로 대단했으며, 진정한 걸작이라는 평이 줄을 이었다. 당연한 결과로, 아벨은 영예의 대상을 수상했다.

호아킨은 그 그림을 보러 전시장에 자주 들렀다. 거울을 들여다보듯 그림 속 카인을 들여다보았고, 때로는 사람들의 눈을 살피기도 했다. 그들이 그림 속 카인을 본 뒤, 어쩌면 자기에게 눈길을 던지지 않을까 해서였다.

호아킨은 「고백」에 이렇게 남겼다.

아벨이 카인을 그리며 나를 떠올리지 않았을까? 아벨이 처음으로 내게 어떤 그림을 그릴지 말하고 <창세기> 구절을 일부 낭독했을 때, 그의 집에서 내가 했던 말의 심중을 꿰뚫지는 않았을까? 이런 생각에 나는 마음이 괴로웠다. 그 당시 나는 나 자신의 생각으로 가득했기 때문에, 그의 존재를 까맣게 잊은 채 내 아픈 영혼을 완전히 드러내고 말았다. 그러나 아벨의 카인은 나와 닮은 점이 조금도 없었다. 아벨은 그림을 그리는 동안 나를 전혀 염두에 두지 않았다. 나를 공격하고 모욕하려는 시도는 없었고, 헬레나가 옆에서 그런 시도를 부추기지도 않았다. 그들은 자신들을 기다리는 미래의 영광을 음미하는 데 바빠 나를 생각할 겨를조차 없었다.

그들이 나에 대해 조금도 생각하지 않았을 뿐 아니라 나를 미워하지도 않았다는 생각이 그 어떤 생각보다도 나를 더 고통스럽게 했다. 내가 아벨을 증오하듯이 아벨도 나를 증오했다면, 그것은 의미 있는 일이었을 것이며, 나의 구원이 될 수도 있었다.

 호아킨은 자신을 극복했거나, 아니면 자신의 내부 속으로 더 깊숙이 들어갔다. 곧 아벨의 성공을 축하하기 위한 연회를 열기로 계획했다. 호아킨, 아벨의 영원한 친구이며 '서로 알기 전부터 친구였던' 호아킨은 그 화가를 위한 축하연을 벌일 계획을 짰다.
 호아킨은 연설가로서 확고한 명성을 쌓아왔다. 의학협회에서 냉철하고 예리한 방식으로, 특히 엄정하고 신랄하게 좌중을 휘어잡는 사람은 바로 호아킨이었다. 호아킨의 연설은 초심자들의 열성에 찬물 세례를 퍼붓는 격이었다. 그의 연설은 비관적 회의주의가 바탕에 깔려 음울하기 짝이 없는 훈계조 일색이었다. 호아킨이 설파하는 주된 이론은 의학에서 확실히 단정 지을 만한 사실은 아무것도 없고, 언제나 모든 현상은 가설과 변증법에 근거를 두며, 불신이야말로 가장 합리적인 감정이라는 것이었다. 이러한 이유로, 연회를 연 주인공이 다름 아닌 호아킨이라고 알려졌을 때, 사람들은 거의가 호아킨이 아벨의 과학적이고 사실적인 그림을 주제로 연설하는 내내 찬사의 말로 치켜세우는 듯하면서도 무자비할 정도로 냉혹히 분석하고 평하는, 그야말로 반어적인 연설을 하게 될 것이라고 예견하며 내심 즐거워했다. 기껏해야 빈정대는 식의 칭찬에 지나지 않을 것이라고 그들은 생각했다. 호아킨이 아벨의 그림을 이야기하는 소리를 들은 적이 있는 사람은 누구나 그런 악의에 찬 즐거움을 속으로 누리며 그날을 기다렸다. 어떤 이들은 아벨에게 위험을 미리 경고하기도 했다.

"그건 자네들 오해야."

아벨은 그들에게 말했다.

"난 호아킨을 잘 알아. 그런 짓을 할 친구가 아니야. 호아킨의 마음이 어떤지 모르는 건 아니지만, 그 친구는 예술적 감각이 남다르니 어떤 연설을 하든 들을 만한 가치가 있어. 다음엔 호아킨의 초상화를 그릴까 해."

"초상화?"

"응. 자네들은 나만큼 호아킨을 알지 못해. 호아킨의 영혼은 격렬하고 광포하지."

"누구보다 냉정한 인간이야……."

"한편으로는 그래. 하지만 어떤 경우에는 불이 타오른다고 할까. 날 위해 일부러 냉정한 척 하는 거야. 그게 날 위해 더 좋은 거라고 생각하는 거지……."

아벨의 말은 호아킨 귀에까지 전해졌다. 호아킨은 또 다시 추측의 바다에 빠졌다.

'아벨은 나를 어떤 인간으로 생각하는 거지? 정말 나를 '격렬하고 광포한 영혼'이라고 생각하는 걸까? 그렇잖으면 내가 변덕스러운 운명의 희생자임을 알게 된 걸까?'

심지어 호아킨은 나중에 깊은 수치심을 느낄 만한 일을 하기에 이르렀다. 한 하녀가 아벨 집에서 오래 일을 하다 호아킨 집에 왔을 때였다. 아벨이 자기에 대해 무슨 이야기를 했는지 알고자 하는 일념으로 자기 체면을 떨어뜨리지 않는 선에서 하녀에게 은밀하고도 끈덕지게 그것을 물었다.

"이리 와 봐라. 그 집에서 나에 대해 무슨 얘기가 없었느냐?"

"네, 아무 말씀도 없었어요, 주인님. 정말로요."

"나에 대해 정말 아무 얘기도 없었어?"

"얘기를 나누긴 하셨지만, 그건 그냥 평범한 얘기였어요. 정말 아무 말씀도 하지 않으셨어요."

"아무 말도, 정말 아무 말도?"

"많이 말씀하시는 걸 뵌 적이 없어요. 식탁에서 시중들 때 제가 들은 건 식사 중에 자주 하는 그저 사소한 얘기뿐이었어요. 그리고 주인님의 그림들에 대한 거랑……."

"알았다. 하지만 정말 나에 대해 아무 말도 없었단 말이냐?"

"기억나는 게 전혀 없어요."

호아킨은 하녀를 내보내고 나서 자기혐오에 빠졌다.
'스스로 바보로 만들다니. 저 아이가 날 어떻게 생각하겠어!'
호아킨은 자기 행동이 수치스럽게 느껴져 몇 가지 구실을 대서라도 그 하녀를 해고하지 않고는 견딜 수 없었다. 그러나 그의 걱정은 여기서 끝나지 않았다.
'만약 아벨 집에 다시 들어가는 날에는 아벨에게 이 사실을 모조리 털어놓을 텐데?'
그래서 호아킨은 아내에게 그 하녀를 다시 불러들이라고 말하려고 했다. 그러나 그럴 엄두를 내지 못했다. 그 뒤로 호아킨은 어쩌다가 그 하녀를 거리에서 마주칠까 봐 전전긍긍했다.

14

 축하연을 하는 날이 돌아왔다. 호아킨은 어젯밤 뜬눈으로 밤을 새웠다.
 "꼭 전쟁터에 가는 기분이군."
 호아킨이 집을 나설 채비를 하며 아내에게 말했다.
 "신께서 길을 비춰 당신을 인도하실 거예요, 여보."
 "딸애를 보고 싶어. 내 작고 가엾은 호아키니타……."
 "어서 와서 봐요……. 지금 잠들어 있어요……."
 "가엾은 것! 아직 악마가 무언지도 모르는 아이! 여보, 당신에게 맹세하지. 악마를 나한테서 떼어놓는 방법을 알아낼 거요. 악마를 떼어내 질식시킨 다음 아벨 발치에 내던지겠어……. 볼에 입맞춤하고 싶지만 잠에서 깰까 봐 차마 못하겠군……."

"아니에요, 어서 입맞춤해줘요!"

호아킨은 허리를 굽혀 잠자는 아기의 볼에 입맞춤했다. 꿈속에서 아기는 촉감이 왔는지 생긋 웃어 보였다.

"여보, 이 아이도 당신을 축복하고 있어요."

"다녀오리다."

호아킨은 아내에게 길게 키스했다.

남편이 가고 나자, 안토니아는 성모 마리아 상 앞에 무릎을 꿇고 기도했다.

축하연이 벌어지는 동안, 각 테이블에서 오가는 대화에는 악의 섞인 기대감이 흘렀다. 아벨 오른쪽에 앉아 있는 호아킨은 얼굴빛이 몹시 해쓱했다. 호아킨은 거의 먹지 않았고 말도 하지 않았다. 아벨도 적잖이 긴장한 듯했다.

디저트가 준비되었을 때, 손님 몇몇이 침묵하라는 신호로 쉬쉬 소리를 내기 시작했다. 그러자 침묵이 감돌았고, 이때 누군가가 말했다.

"그럼, 호아킨의 축사를 들어보죠."

호아킨이 자리에서 일어났다. 처음에는 둔탁하고 떨리는 목소리였지만, 곧 발음이 또렷해졌고 소리의 높낮이가 새롭게 더해지면서 울림이 커졌다. 그의 목소리가 침묵을 가득

채웠다. 이제 연회장에서 들리는 소리라곤 그의 목소리뿐이었다. 다들 감탄을 금치 못했다. 누구도 이보다 더 열렬하고 감동적인 찬사를 들은 적이 없었다. 게다가 그 예술가와 그의 예술 작품에 대한 경탄과 애정이 이보다 더 각별할 수 없었다. 호아킨이 아벨과 함께한 어린 시절을, 둘 중 어느 누구도 이러한 앞날을 꿈꾸지 못했던 그 시절을 이야기했을 때, 많은 이들의 눈에서 눈물이 솟았다.

"그 누구도 저만큼 아벨을 잘 알지 못합니다. 아벨, 난 자네를 잘 안다고 믿어."

호아킨이 아벨을 보며 말을 이었다.

"제 자신보다도 더 말입니다. 그것도 더없이 순수한 마음으로요. 사람은 제 자신을 아무리 깊이 들여다보아도 티끌밖에는 보이지 않는 법입니다. 우리 자신의 가장 훌륭한 점을, 그래서 스스로 사랑하고 감탄할 수 있는 부분을 발견하는 건 우리 자신이 아니라 타인을 통해서입니다. 아벨은 자신의 예술 세계에서 제가 달성하고자 했던 것을 끊임없이 이뤄왔습니다. 이러한 이유로 아벨은 제 역할 모델들 가운데 한 명이지요. 아벨의 영광은 저에게 큰 자극과 위안이 됩니다. 제가 이루지 못했던 영광을 이뤄냈기 때문입니다. 아벨은 우리 모든 사람에게 속해 있습니다. 게다가 저에게도 속해 있습니다. 아벨이 이 작품을 창조함으로써 자신의 것으로 만들었듯이, 저는 이 작품을 향유함으로써 저의 것으로 만들려고 합니다. 이로써 저는 제 평범함에 걸맞지 않은 만족을 누릴 수 있게 됐습니다…….”

이따금 호아킨 목소리는 격앙되어 있었다. 청중은 그의 영혼과 그의 영혼을 지배하는 악마 사이에 거대한 전쟁이 일어나고 있음을 어렴풋이 감지하며 그의 연설에 압도당했다.

"카인의 얼굴을 보십시오."

호아킨은 열정적으로 말을 이어갔다.

"비극적인 카인을, 방랑하는 농부이자 최초의 도시 건설자, 산업과 질시와 공동체적 삶의 아버지를 말입니다. 저 카인의 얼굴을 보십시오! 얼마나 깊은 애정과 연민과 사랑을 담아 이 불행한 남자를 그렸는지 보십시오. 이 얼마나 비참하기 짝이 없는 카인입니까! 우리 아벨 산체스는 밀턴이 사탄을 찬미했듯이 카인을 찬미하며, 밀턴이 사탄에게 매료되었듯 카인에게 매료되어 있습니다. 찬미하는 건 사랑하는 것이고 사랑하는 것은 동정하는 것을 의미하니까요. 우리 아벨은, 최초의 아벨을 죽였던, 성서의 전설에 따라 죽음을 세상에 가져왔던 그자의 온갖 정신적 고통과 가혹한 불행을 감지했습니다. 우리 아벨은 우리가 카인의 죄를 이해하게 하고, 나아가 카인을 동정하고 사랑하게 합니다……. 이 그림은 사랑의 행위인 것입니다!"

호아킨이 말을 마치자, 깊은 침묵이 이어지다가 우레와 같은 박수 소리가 울려 퍼졌다. 그때 아벨이 자리에서 일어났다. 얼굴빛이 창백했고 몸을 가늘게 떨며 머뭇거리더니 눈에 눈물이 고인 채, 아벨이 그의 친구에게 말했다.

"호아킨, 자네가 했던 말은 내 그림보다, 내가 그렸던 모든 그림들보다, 내가 앞으로 그리게 될 어떤 그림들보다도 더 큰 가치가 있고, 더 위대한 의미를 담고 있어. 훨씬 더 위대한……. 자네 연설이야말로 하나의 예술 작품이야, 마음을 울리는……. 자네 연설을 듣고 나서야 내가 이뤄낸 것이 무엇인지 알게 되었어. 내 그림을 완성한 것은 내가 아닌 자네야. 바로 자네라고!"

청중이 자리에서 일어나 박수갈채를 보내는 동안, 영원한 두 친구는 눈물을 흘리며 서로 안았다.

서로 껴안는 동안, 악마가 호아킨에게 속삭였다.

'지금 네 두 팔로 아벨 목을 조를 수 있다면……!"

"훌륭한 연설이었어! 자넨 대단한 연설가야! 정말 멋졌어! 누가 생각이나 했겠어, 이런 연설을 들을 줄……? 여기에 기자가 없다는 게 유감이야!"

친구들이 환호했다.

어떤 이는 이렇게 말했다.

"정말 굉장했어! 앞으로도 이렇게 멋진 연설은 듣지 못할 거야."

"난 연설을 듣는 동안 온몸에 소름이 돋았다구."

"저 친구 안색이 파리한 것 좀 봐!"

그 말은 정말이었다. 호아킨은 성공적인 연설을 마치고 나서 자리에 앉으며 슬픔의 물결에 압도된 자신을 느꼈다. 아직이었다. 그의 악마는 여전히 죽지 않았다. 호아킨은 전에 한 번도 누린 적 없고 다시는 누릴 수 없을 듯한 성공을 지금 이 순간 맛보고 있었다. 그러나 문득 호아킨의 머리를 스친 생각이 있었다. 자신은 그림으로 이름을 떨친 친구를 가릴 만한 더 큰 명성을 얻기 위한 수단으로 연설을 한 것이다.

"아벨이 눈물 흘리는 걸 봤어?"

호아킨이 밖으로 나왔을 때, 한 남자가 말했다.

"하긴 호아킨의 연설은 아벨의 그림을 모두 합한 것만큼의 가치가 있어. 그 연설이 그림을 완성했으니까. 차라리 '연설화'라고 부르는 게 낫겠어. 연설을 빼면 그림에서 남는 게 뭐가 있겠어! 아무것도 없어. 비록 대상을 타긴 했지만."

호아킨이 집에 돌아왔을 때, 안토니아가 밖으로 나와 문을 열고는 그를 껴안았다.

"이미 들어서 알고 있어요. 당신 친구들이 말해줬는걸요. 당신은 아벨보다 더 뛰어난 사람이에요. 훨씬 더요. 그 사람은 자기 그림의 가치가 당신 연설 덕분에 높아진 걸 인정해야 할 거예요."

"그건 그래, 여보, 그건 사실이야. 그런데……."

"하지만 뭐요? 당신 아직도……."

"그래 아직도야! 아벨과 껴안았을 때 악마가 뭐라고 속삭였는지 당신에게 말하고 싶지 않아……."

"그래요, 말하지 말아요!"

안토니아는 길고 부드러운 키스로 아벨의 입을 막았다. 그녀의 입술은 촉촉이 젖어 있었고, 눈에는 눈물이 고였다.

"당신이 이런 식으로 내 안에서 악마를 끄집어낼 수 있는지 볼까. 어디 악마를 빨아들일 수 있는지 보겠어."

"악마가 내 몸속으로 들어오게, 내가 빨아들이면 되겠네요?"

그 가엾은 여인은 애써 웃으며 말했다.

"그래. 악마를 빨아들여줘. 악마는 당신을 해칠 수 없어. 당신 몸속에서 곧 죽게 될 거야. 성수$_{聖水}$처럼 신성한 당신 피 속에서 익사하고 말 테니까……."

집에 돌아온 아벨은 헬레나와 단둘이 있었다. 헬레나가

먼저 말했다.

"호아킨의 연설에 대해 들었어요. 오빠는 당신의 성공을 집어삼킨 거예요……. 집어삼켰다구요……!"

"그런 소리 마. 직접 들어보지도 않았잖아."

"안 들어도 뻔해요."

"호아킨의 연설은 진심에서 우러나온 것이었어. 나는 깊은 감동을 받았어. 설명을 듣기까지 내가 그린 그림이 무엇이었는지 나조차 몰랐던 거야."

"오빠를 믿지 말아요…… 믿으면 안 돼요……. 당신을 치켜세우는 건 보나마나 무슨 속셈이 있어서라구요……."

"아니 자기 생각을 말한 것도 죄란 말이야?"

"오빠는 당신이 부러워서 죽을 지경이라구요. 당신도 알잖아요……."

"그만해!"

"당신이 부러워서, 죽을 지경이라구요, 아니 반은 죽었을지도 모르지……."

"제발 그만해, 제발!"

"아니요, 그만 못 해요. 이제 질투 정도가 아니에요. 더는 날 사랑하지 않으니까. 오빤 이제 당신을…… 질시해요…… 질시하는 거라구요……."

"입 다물지 못해!"

아벨이 소리쳤다.

"좋아요. 입 다물어 드리죠. 하지만 당신도 알아야 해요……."

"나는 이미 보고 들었고, 그걸로 충분해. 그러니 제발 입 좀 다물어줘."

15

 그러나 그 영웅적 행위는 가엾은 호아킨을 구원하지 못했다. 호아킨은 「고백」에 이렇게 썼다.

 나는 후회하기 시작했다. 내가 그런 말을 했다는 사실 때문에, 내 사악한 욕망의 고삐를 풀어 내가 그것으로부터 자유로워지도록 하지 않아서, 아벨의 예술적 기만과 가식을, 모방을, 냉정하고 계산적인 기교를, 감정의 결여를 비난하여 그와 예술상의 관계를 끊지 못해서 그 때문에 후회했다. 그의 명성을 허물어뜨리지 않은 일은 참으로 후회막심이었다. 만약 그렇게 했다면 나는 나 자신을 자유롭게 했을 테고, 진실을 말했을 것이고, 그의 위신을 땅으로 떨어뜨릴 수 있었으리라. 카인은, 또 다른 아벨을 죽였던 성서 속 카인은, 아벨이 죽은 걸 보자마자 아벨을 사랑하기 시작했었는지도 모른다. 내게 정말 믿음이 생기기 시작한 것도 바로 이 무렵이었다. 내가 신앙에 눈을 뜬 것은 그 연설의 영향이 컸다.

「고백」에서 말한 대로 호아킨이 신앙에 눈을 뜬 것은 이런 까닭에서였다. 안토니아는 남편의 고통이 치유되지 않았다는 걸 보고 나자, 어쩌면 영원히 치유되지 못할지도 모른다는 두려움을 느꼈다. 그래서 호아킨에게 기도를 통해 구원을 받을 수 있다고 설득했다. 그의 조상뿐 아니라 그녀의 조상이 의지했고 앞으로 그들의 딸이 믿고 따를 종교를 통해서 구원을 찾으라고 말이다.

"우선 고해성사부터 해야 해요."

"하지만 교회에 안 간지도 너무 오래됐어······."

"그래도 가야 해요······."

"이런 건 믿지 않는데도······."

"그렇게 믿는 것뿐이에요. 하지만 신부님이 말씀하시길, 당신처럼 과학을 하는 사람들이 아무리 믿지 않는다고 믿어도 이윽고 믿음을 갖게 된대요. 당신 어머니가 당신에게 가르쳤던 게 있을 거예요. 우리 딸에게도 가르쳐줘야 하는 거구요……."

"됐어, 됐어, 이제 그만 나 좀 내버려둬!"

"그럴 수 없어요. 가서 고해성사를 해요. 부탁이에요."

"하지만 내 사상을 아는 사람들이 나보고 뭐라 하겠어?"

"아, 그것 때문에 그래요? 그 알량한 자존심 때문에요?"

그러나 호아킨의 마음은 흔들리고 있었다. 자신에게 정말 믿음이 없었는지 스스로 물었다. 그에게 믿음이 없다 해도 교회가 그를 치료해줄 수 있는지 알고 싶었다. 호아킨은 예배에 자주 참석했다. 마치 그의 무신론적 사상을 아는 사람들을 비웃기라도 하는 듯, 그 횟수는 눈에 띄게 잦았다. 마침내 호아킨은 고해성사를 하기로 결심했다. 고해실 안에서 호아킨의 영혼은 자유로워졌다.

"신부님, 전 그가 싫습니다. 진심으로 그가 싫습니다. 제가 믿는 만큼의 믿음이 제게 없었다면, 아니 제가 믿고 싶은 만큼의 믿음이 제게 없었다면, 저는 아마 그를 죽였을 겁니다……."

"하지만 그 감정을 반드시 증오라고 볼 수는 없습니다. 오히려 시기에 더 가까워 보이는군요."

"증오라는 것이 죄다 시기입니다, 신부님. 증오는 곧 모조리 시기입니다."

"그 시기하는 마음을 건설적인 경쟁심으로 바꿔 보십시오. 일에서 더 성공하겠다는 의지로 바꿔 보세요. 하느님의 은총 아래 최선을 다해 열심히 살겠다는 의지로 바꿔 보십시오……."

"그럴 수 없어요, 그럴 수가 없어요. 일이 손에 안 잡혀요. 그의 성공과 명성이 저를 괴롭혀요."

"노력해야지요……. 이러한 이유로 인간은 자유롭다고 하지 않습니까?"

"저는 자유 의지를 믿지 않습니다, 신부님. 저는 의사예요."

"그렇지만……."

"제가 무슨 짓을 저질렀기에 신은 이다지도 저를 원한에 사무치고 질시하고 악의에 불타는 인간으로 만드셨나요? 제 아버지가 제게 나쁜 피를 물려줘서 그런가요?"

"형제여…… 형제여……."

"저는 인간의 자유를 믿지 않습니다. 자유를 믿을 수 없는 사람은 누구든 자유롭지 못합니다. 저는 자유롭지 못해요! 자유로우려면 스스로 자유롭다고 믿어야 합니다!"

"신을 의심하는 건 사악한 겁니다."

"의심하는 게 사악한 겁니까, 신부님?"

"제가 말하려는 뜻은 그게 아닙니다. 당신의 사악한 번뇌는 그저 신을 의심하는 데서 비롯된 겁니다……."

"그렇다면 신을 의심하는 게 사악하다는 건가요? 다시

대답해주세요."

"네, 사악합니다."

"신은 절 사악하게 만들었기 때문에 저는 신을 의심합니다. 신이 카인을 사악하게 만들었듯이, 신은 저를 의심하도록 만들었어요……."

"신은 당신을 자유롭게 하셨습니다."

"네, 사악해질 수 있는 자유를 주셨지요."

"선해질 수 있는 자유도 주셨지요!"

"아, 저는 왜 태어났을까요, 신부님?"

"그보다 무엇을 위해 태어났는지를 물으십시오……."

16

 아벨은 두 팔로 아이를 안은 성모 마리아를 그렸다. 그림은 실제로 헬레나와 아들 아벨리토의 초상화였다. 그 그림 또한 호평을 받아 수차례 복제되었다. 그 멋진 그림의 사진 앞에서 호아킨은 거룩한 성모 마리아에게 자신을 보호해 달라고, 자신을 구원해 달라고 기도했다.

 호아킨이 자기한테만 들릴 정도로 낮게 속삭이며 기도하는 동안, 그는 속마음 깊은 곳에서 솟아오른 어두운 목소리가 자신에게 소곤거리는 말을 애써 모른 체했다. 그 목소리는 이렇게 속삭였다.

 '그가 죽기만 한다면! 그래서 널 위해 그녀를 놓아주기만 한다면!'

어느 날 아벨이 호아킨을 큰 소리로 불렀다.

"호아킨! 자네 보수주의자가 다 되었더군."

"내가?"

"그래, 날마다 교회에 가서 미사에 참석한다고 하던데, 그게 사실이야? 자넨 지금껏 신이나 악마 따위를 믿은 적이 없잖아. 게다가 그렇게 갑자기 개종을 한다는 게 말이 되지도 않고. 그러니 자넨 완전히 보수주의자가 된 거야!"

"그게 자네랑 무슨 상관이야?"

"아니 그걸 따지겠다는 게 아니야. 자네 정말로…… 믿나?"

"지금은 그러는 게 필요해."

"그런 대답 말고. 정말로 믿느냐를 묻는 거야."

"이미 말했지만, 지금 난 그런 믿음이 필요해. 이걸로 내 대답은 끝났어."

"내 경우는 예술로도 충분한데 말이야. 예술이야말로 내가 믿는 종교지."

"하지만 자네 그림엔 성모 마리아가 자주 등장하잖아……."

"그렇지. 하지만 난 헬레나를 그린 거야."

"그런데 엄밀히 말해 헬레나가 동정녀는 아니잖아……."

"하지만 나한테 헬레나는 동정녀만큼이나 순결해. 내 아이의 어머니로서……."

"고작 그 때문에?"

"이 땅의 모든 어머니는 어머니라는 관점에서 동정녀라고 할 수 있지."

"이제 신학의 영역까지 넘보는군."

"그건 모르겠지만, 내가 어리석은 보수주의와 위선을 경멸하는 건 사실이야. 그런 태도는 때때로 단순한 질투에서 비롯되기도 해. 적어도 난 그렇게 생각해. 그런데 바로 자네에게서 그런 징후를 발견하게 되다니 정말 놀라운 일이야. 나는 자네가 저속한 획일성에 반대하는 부류에 속한다고 믿어 왔어. 한데 그들의 제복을 입고 있는 자넬 보니 놀라울 따름이야."

"그게 무슨 뜻이야, 아벨? 알아듣게 설명해 봐!"

"그래 쉽게 말하지. 평범하고 비천한 영혼들은 눈에 잘 띄지 않기 때문에 자기와 다른 영혼들이 두드러져 보이는 걸 못 견디게 싫어하지. 그래서 자기들보다 운이 좋은 그들에게 '교리'라는 제복을 입도록 강요해. 일종의 따분한 작업복 같은 거지. 그래서 비범한 자들이 두드러져 보이지 않게 하려고 말이야. 예술과 마찬가지로 종교도 모든 정설定說의 밑바탕은 바로 이 질투에 있다는 건 의심할 바 없어. 사람들이 다들 원하는 대로 옷을 입는다면, 누군가는 자신의 타고난 우아함을 한껏 드러내줄 멋진 스타일의 옷을 생각해내겠지. 만약 그런 옷을 입은 남자가 있다면, 여자들은 자연스럽게 그에게 끌리게 될걸. 그러나 비천하고 평범하기 짝이 없는 사람이 그 남자가 하는 대로 따라했다가는 아마 웃음거리밖에 되지 않을 거야. 이런 까닭에 그 비천한 부류들이, 그러니까 자기들보다 잘난 부류를 시샘하는 부류들이, 자기들 스스로 꼭두각시처럼 보이게 하는 제복을 만들어낸 거야. 이걸 유행이라고 볼 수도 있겠지. 유행은 또 다른 정설의 문제야. 호아킨, 자네 자신을 속이지 마. 눈을 뜨라구. 사람들이 위험하고 무모하고 불경하다고 말하는 사상들이야말로 눈곱만큼의 창의력도 독창성도 없이 그저 상식 따위나 속물근성으로 살아가는 자들이, 보잘것없고 판에 박힌 사고만을 하는 자들이 도저히 상상할 수 없는 것들이야. 그들이 가장 싫어하는 게 바로 상상력이라구. 그것을 가졌을 턱이 없으니까."

호아킨이 큰 소리로 대꾸했다.

"그렇다 해도 우리가 천박하고 평범하고 보잘것없다고 여기는 그자들도 자신들을 보호할 권리는 가지고 있는 거잖아?"

"언젠가 자네가 우리집에서 한 말 기억나? 자넨 질투심에 사로잡혔던 카인을 변호했어. 그리고 내가 죽을 때까지

평생 잊지 못할, 더구나 내 명성을 더욱 빛나게 해주었던 그 훌륭한 연설을 자네가 하는 동안, 자네는 우리에게, 적어도 나에게 카인의 영혼을 보여주었지. 하지만 카인은 시시한 인간도, 천박한 인간도, 평범한 인간도 아니었어……."

"그렇지만 카인은 모든 질시의 아버지였어."

"그래. 하지만 내가 말했던 그 천박한 부류의 질시와는 다른 종류의 질시야……. 카인의 시기심은 훨씬 더 장엄했어. 하지만 광신적인 종교 재판관의 시기심은 보잘것없고 초라하기 짝이 없어. 그런데 자네가 그 종교 재판관의 편에 서 있는 걸 보니 내가 놀랄 수밖에."

'어쩌면 내 생각을 읽을 수 있는 게 아닐까?'

호아킨은 아벨과 헤어지면서 속으로 생각했다.

'겉으로 봐서는 내가 어떤 고통을 겪는지 모르는 듯해. 그리고 여전히…… 그림을 그리는 식대로 말하고 생각해. 자신이 무엇을 말하고 무엇을 그리는지 모르고 말이야. 내가 아무리 저 친구에게서 사려 깊은 식자의 면모를 발견하려고 해도 무의식중에 말하고 행동하니…….'

17

 호아킨은 아벨이 전에 함께 작업했던 모델들 가운데 한 명과 사귀고 있다는 걸 알았다. 이로써 아벨이 헬레나를 사랑해서 결혼한 것이 아니라는 그의 추측이 확실해졌다.
 호아킨은 속으로 중얼거렸다.
 '그들은 나를 모욕하려고 결혼한 거야. 헬레나는 아벨을 사랑하지 않아. 아벨을 사랑할 수 없어……. 헬레나는 누구도 사랑하지 않아. 누구에게도 애정을 줄 수 없는 여자야. 그저 겉만 번지르르한 허영덩어리야……. 자신의 허영 때문에, 나에 대한 경멸 때문에 결혼을 한 거야. 허영과 변덕 탓에 자기 남편도 배신할 수 있는 여자야……. 심지어 아벨조차 자기 남편으로 원치 않았을걸.'

차갑게 얼어붙은 증오로 말미암아 이미 오래 전에 꺼져 시커먼 잿더미가 되었다고 생각했던 옛 감정이 타다 남은 잿불처럼 번득였다. 그것은 헬레나에 대한 오래된 사랑이었다. 그렇다. 호아킨은 이 허영심 많은 공작새를, 요부에다 화가의 모델이자 남편이 있는 이 여자를 아직도 사랑하는 마음이 있었다. 안토니아가 헬레나보다 여러 모로 보나 더 훌륭한 건 사실이지만, 그래도 다른 건 다른 거였다. 그에게는 복수가 있었고…… 복수는 그 무엇보다 달콤했다! 얼어붙은 마음을 녹여주기에 충분했다!

며칠 있다가 호아킨은 아벨이 외출한 시간을 틈타 아벨 집으로 갔다. 사촌 헬레나는 아들과 단둘이 있었다. 성스러워 보이도록 만든 그녀의 상 앞에서 호아킨은 얼마나 헛되이 자신을 보호해 달라고, 구원해 달라고 기도했었나.

헬레나가 호아킨에게 말했다.

"아벨이 그러는데, 요즘 교회에 빠져 산다구요? 안토니아가 끌고 간 거예요, 아니면 안토니아에게서 도망치려고 제 발로 간 거예요?"

"그게 무슨 뜻이야?"

"남편들은 대개 아내의 뒤를 밟거나 아내에게서 도망치는 사이에 어느새 독실한 신자가 되어 있죠……."

"아내에게서 도망치려는 남편들도 있겠지만 꼭 교회에 가지는 않아."

"오오?"

"그래. 하지만 네게 이 소식을 전한 네 남편은 한 가지 사실만 아는 것 같군. 내가 기도를 드리는 곳은 교회가 다는 아니야……."

"당연히 그러시겠죠! 독실한 남자는 집에서도 기도를 드린다죠."

"맞아. 나는 주로 성모 마리아께 나의 안식과 구원을 위해 기도를 드리지."

"나쁘지 않네요."

"어떤 상 앞에서 기도드리는지 알아?"

"그야 난 모르죠……."

"네 남편이 그린 그 그림 앞에서야……."

헬레나는 갑자기 얼굴을 붉히며 객실 구석에서 자는 아이를 향해 얼굴을 돌렸다. 그 공격은 매우 갑작스러운 것이라 헬레나를 당황케 했다. 마음을 진정시킨 헬레나가 말했다.

"오빠가 한 행동은 불경한 거예요. 이러면 새 신앙심이 우스꽝스러워지기밖에 더해요. 아니 그보다 더 사악한……."

"맹세하는데, 헬레나……."

"두 번째 계명이 '하느님 이름을 함부로 부르지 마라'예요."
"그러니 진실로 맹세해. 헬레나, 내 신앙심은 정말 진심이야. 나는 믿음이 필요했어. 믿음으로써 나를 좀먹는 마음의 고통에서 나를 지키고 싶었어……."
"그래요, 나도 오빠 마음의 고통을 잘 알아요……."
"아니 너는 몰라!"
"나도 알아요! 오빠는 아벨의 존재를 견딜 수 없어 하잖아요?"
"어째서 내가 아벨을 견딜 수 없다는 건데?"
"오빠야말로 잘 알겠지. 오빠는 지금껏 아벨을 견딜 수 없어 했어요. 내게 아벨을 소개하기 전부터 줄곧."
"그건 사실이 아니야! 전혀!"
"아니요, 그게 사실이에요! 틀림없는 사실이요!"
"왜 내가 아벨을 견딜 수 없어야 하는데?"
"왜냐하면 아벨은 유명하고, 또 명성도 쌓았으니까…… 오빠 병원에 환자가 많지 않나요? 벌이가 안 좋은 거예요?"
"좋아, 진실을 말하지, 모조리 다! 나는 내가 가진 것에 만족하지 않아. 나도 유명해지고 싶어. 과학의 새 경지를 개척하고 과학적 발견을 이뤄내 이름을 떨치고 싶어……."
"그럼 그 일에 전념해요. 못할 것도 없잖아요?"

"전념하라구……? 전념이라…… 전념…… 그래, 내가 그 영광을 너의 발 앞에 바칠 수 있었다면 나는 이미 모든 열정을 쏟아 그 일에 전념했을 거야!"

"안토니아가 있잖아요."

"제발 안토니아 얘기는 하지 마."

"아아, 그럼 이 얘길 하러 온 거예요? 나의 아벨이— 헬레나는 '나의'를 힘주어 발음했다— 외출할 때까지 기다렸다가 이 얘길 하러?"

"너의 아벨…… 너의 아벨…… 너의 아벨이 네게 갖는 관심이란 얼마나 지대한지!"

"또 무슨 말을 하려구요? 이제 밀고자에 고자질쟁이가 되시려구요? 남의 뒷말이나 해대는?"

"네 아벨은 지금 모델들을 사귀고 있어."

"그래서요?"

헬레나는 화를 주체하지 못하며 소리쳤다.

"그런들 어때요? 그거야말로 아벨이 모델들을 사로잡는 법을 안다는 증거지 뭐예요! 혹시 그것마저 샘이 나요? 그건 오빠가 만족할 길이…… 안토니아 말고는 없기 때문이죠? 아아, 아벨이 다른 여자를 찾으니까 오빠도 아벨처럼 굴려고 오늘 여기에 올 생각을 한 거예요? 그래서 지금 여기

내 앞에서 이런 이야기를 지껄이는 거예요? 수치스럽지도 않아요? 이 집에서 나가요, 당장 나가요! 오빠 얼굴만 봐도 메스꺼우니까."

"오 이런! 진정해, 헬레나. 날 아프게 하지 말아줘…… 제발 날 아프게 하지 마!"

"교회에나 가버려요, 이 위선자, 질투에 눈먼 위선자. 가서 아내에게 치료해 달라고 해요. 지금 제정신이 아닌 것 같으니까."

"헬레나, 헬레나, 오직 너만이 날 치료할 수 있어! 네가 이렇게 꾸짖으면 난 영원히 구원받을 수가 없어!"

"아아, 그러니까 지금 오빠를 구하기 위해 나더러 그이를 버리라는 거예요?"

"그를 버리라는 게 아니야. 너는 벌써 그를 잃었어. 그는 너에게 조금도 관심이 없어. 그는 널 사랑할 수 없어. 영혼을 바쳐 너를 사랑할 수 있는 사람은 바로 나야, 바로 나라구. 내 사랑이 얼마나 큰지 너는 짐작도 못할 거야."

헬레나는 자리에서 벌떡 일어나 아이에게로 걸어갔다. 아이를 들어 팔에 안고는 호아킨에게 몸을 돌려 말했다.

"나가요! 이 아이, 아벨 아들이 당신에게 이 집에서 나가라고 명령하는 거예요. 나가요!"

18

 호아킨은 상태가 더 나빠졌다. 헬레나 앞에서 마음을 죄다 드러낸 일에 대한 분노와 헬레나가 그를 거부했을 때 보인 태도에서 오는 절망감이 치밀어 올라 마침내 그의 영혼은 쇠약해졌다. 호아킨은 한동안 애써 스스로 자제하며 아내와 딸에게서 위안을 찾았다. 그러나 그의 가정생활은 점점 우울해졌고, 그는 더욱 예민해져 갔다.
 이 무렵 호아킨 집에서 일하는 하녀는 신앙심이 깊어서 날마다 미사에 참석했고, 일이 없을 때면 방 안에 틀어박혀 기도를 드렸다. 그녀는 집 안을 걸어다닐 때마다 언제나 눈을 내리깔고 바닥에 시선을 고정했다. 그리고 무슨 일을 대하든 온순했고, 조금 울먹이는 목소리를 냈다. 호아킨은 그런 그녀를 참을 수 없었다. 그래서 매번 어떤 구실을 대서라도 그녀를 꾸중했다.

"주인님 말씀이 옳으세요."

하녀는 으레 그렇게 말했다.

"내가 옳다니 뭐가?"

어느 날 호아킨은 폭발하고 말았다.

"나는 전혀 옳지 않아!"

"잘 알겠습니다, 주인님, 제발 화내지 마세요. 이 경우에 그럼 주인님이 옳지 않으세요."

"그게 다야?"

"무슨 말씀이신지 모르겠어요, 주인님."

"무슨 말인지 모르겠다구? 이 앙큼한 위선자 같으니! 왜 자신을 방어하지 않지? 왜 내 말에 대꾸하지 않냐구? 왜 반항하지 않느냔 말이야."

"반항이요? 제가요, 주인님? 하느님과 거룩하신 성모 마리아께서 제가 그런 짓을 저지르지 못하도록 인도해주십니다, 주인님."

그때 안토니아가 그들 사이에 끼어들었다.

"여보, 이 이상 어떻게 잘못을 인정하라고 그러세요?"

"자기 잘못을 하나도 인정하지 않았어. 거만하기 짝이 없는 계집이야."

"거만하다니요, 제가요, 주인님?"

"당신도 봤지? 위선자는 뻔뻔하게 어느 것도 인정하려 들지 않아. 저 계집은 겸손과 인내를 연습하기 위해 나를 희생양으로 삼아 이용하고 있어. 인내의 미덕을 갖추기 위해 내 화를 돋우면서 고행자 행세를 하고 있다구. 자기 자신을 돌보려고 나를 희생양으로 삼았어! 안 돼, 그렇게 할 수는 없어. 나를 희생양으로 삼다니 그럴 순 없어. 공덕을 쌓기 위한 도구로 나를 이용하게 하지는 않을 거야! 저 계집은 아주 지독한 위선덩어리야!"

그 가엾은 하녀는 훌쩍이며 목소리를 죽이고 기도했다.

"하지만 저 애가 겸손한 건 사실이에요……. 저 애가 왜 반항을 해야 해요? 반항을 했다간 당신 화만 더 돋울 텐데요."

"아니야! 자기 미덕을 드러내기 위한 수단으로 상대 약점을 이용하는 건 완전히 신뢰를 저버리는 행위야. 나한테 대꾸를 하란 말이야, 거만하게 굴란 말이다, 인간답게 굴라고…… 하녀로서가 아니라……."

"하지만 여보, 어느 경우에라도 당신은 훨씬 더 화를 냈을 거예요."

"아니, 나를 가장 화나게 하는 건 저 계집이 완전무결한

체 허세를 부리는 거야."

"그건 오해세요, 주인님."

하녀는 여전히 눈을 내리깐 채 말을 이었다.

"저는 제가 다른 사람들보다 더 낫다고 생각한 적 없어요."

"뭐 없다고? 나는 내가 누구보다도 잘났다고 믿어! 자기가 다른 누구보다 잘났다고 생각하지 않는 사람은 바보밖에 없어. 그럼 넌 네 자신이 역사상 가장 죄 많은 여자라고 생각하느냐? 어서 대답해 봐!"

"그런 건 묻는 게 아닙니다, 주인님."

"자자, 어서 대답해 보렴. 곤자가 성인은 자신을 역사상 가장 죄 많은 남자라고 믿지 않았느냐. 그러니 너도 대답해, '네, 아니오'로. 너는 스스로 가장 죄 많은 여자라고 생각하느냐?"

"다른 여자들의 죄는 제 영혼과 무관합니다, 주인님."

"멍청한 것! 멍청이보다 더하구나! 어서 나가!"

"제가 주인님을 용서하듯, 신께서 주인님을 용서하실 거예요!"

"뭣 때문에! 이리 와서 대답해. 뭣 때문에? 뭣 때문에 신

---

*곤자가 성인_ 이탈리아 출신의 성 알로이시오 곤자가를 가리킨다. 이 성인은 깊은 신앙 속에서 정결을 굳게 지키며 살았다. 청소년의 수호성인. 옮긴이.

이 날 용서할 거라는 거냐? 이리 와서 대답하지 못해!"

"그동안 감사했어요. 마님께 죄송하지만, 일을 그만두겠어요. 이 댁을 떠나겠습니다."

"진작 그럴 것이지……."

호아킨이 그렇게 말을 맺었다.

나중에 아내와 단둘이 있게 되자 호아킨은 아내에게 말했다.

"그 무지한 위선자가 지금 내가 미쳤다고 떠들며 다니진 않겠지? 안토니아, 내가 미친 건 아니지? 말해 봐, 내가 미친 건지 아닌지?"

"여보, 제발 그런 식으로……."

"그래, 그래, 나도 내가 미친 것 같아……날 내쫓아버려. 이 모든 것이 나를 끝장내고 말 거야."

"당신이 그것을 끝장내야 해요."

19

 호아킨은 딸을 키우는 데 자신의 열정을 아낌없이 쏟았다. 딸을 성심껏 기르고 가르쳤고, 세상의 부도덕한 요소들이 딸에게 영향을 미치지 못하도록 애썼다.
 "딸이 하나만 있어서 얼마나 다행인지 몰라. 아이를 더 가지지 않은 게 오히려 잘된 일이야."
 호아킨이 아내에게 말했다.
 "그래도 당신은 아들을 원했잖아요?"
 "아니, 딸이 더 나아. 그래야 이 비열한 세상에서 더 안전하게 지켜내지. 그리고 하나를 더 낳았다면 둘 사이에 질투심이 자라났을 거야……."
 "설마 그럴 리가요!"

"아니, 그럴 거야! 자식이 여럿이면 애정을 똑같이 나눠주긴 쉽지 않아. 한 아이에게 애정을 주느라 다른 아이를 미처 챙기지 못할 테니까. 아이들은 저마다 자기만 생각하며 부모의 모든 걸 독차지하려고 들걸. 아니, 아니, 나는 하느님이 처한 어려움 속에 빠지고 싶지는 않아……."

"그게 무슨 말이에요?"

"하느님은 너무 많은 자식을 두셨어. 우리는 모두 하느님의 아들딸이라고들 하잖아?"

"여보, 그래도 그런 말은 하는 게……."

"누군가가 건강하려면 또 다른 누군가는 아파야 하는 거야…… 그게 병이 배분되는 원리지!"

호아킨은 딸이 다른 사람과 접촉하는 걸 원치 않았다. 그래서 가정교사를 집으로 불러들였고, 한가할 때는 손수 딸을 가르쳤다.

가엾은 소녀 호아키나는 아버지에게서 허약하고 병약한 남자의 모습을, 의사가 아닌 환자의 모습을 보았다. 한편, 아버지 영향을 받아 세상과 인생을 바라보는 시각이 어두웠다.

호아킨은 아내와 자꾸 말다툼을 했다.

"딸이 하나니까 부모의 정을 나눌 필요도 없잖소."

"많이 나눠줄수록 정은 그만큼 커진다고들 하잖아요……."

"그 말을 믿지 마요. 가엾은 사무 변호사 라미레즈 기억하지? 그의 아버지는 아들 둘에 딸이 둘이었고, 형편이 넉넉지 않았다오. 식사 시간에는 아페리티프와 수프를 마셨지만, 앙트레를 먹지는 못했지. 주요리를 먹을 수 있는 사람은 오직 아버지 한 사람뿐이었어. 아버지는 때때로 아들 한 명과 딸 한 명에게 자신이 먹는 걸 조금 나눠주었어. 미처 남은 두 아이까지 챙길 순 없었지. 특별한 날에는 두 사람 몫의 앙트레를 식탁에 올렸고, 여전히 아버지는 앙트레 일 인분을 혼자서 차지했어. 그 집 가장으로서 어떤 식으로든 다른 가족들과 구별되어야 했기 때문이야. 한 가정 안에서도 상하관계는 그렇게 잘 지켜졌지. 밤이 되면 아버지는 잠자리에 들기 앞서 아들 하나와 딸 하나에게만 키스를 했어. 나머지 둘은 키스를 받을 기회도 얻지 못했지."

"저런! 왜 그랬대요?"

"그걸 어떻게 알겠어……. 아마 두 아이가 유독 예뻐 보였나 보지……."

"자기 막내딸을 견디지 못했던 카바잘 씨가 생각나네요."

"그건 6년이나 지난 뒤에 가진 딸인데다 형편이 가장 안

---

*아페리티프_ 식욕을 돋우기 위해 식전에 마시는 술. 옮긴이.
**앙트레_ 생선 요리와 구운 고기 사이에 나오는 메인 요리. 옮긴이.

좋을 때였기 때문이오. 그래서 그들에게 막내딸은 예기치 못한 짐에 불과했어. 심지어 막내딸을 '침입자'라고 불렀는걸."
"세상에, 맙소사, 너무 끔찍해요!"
"그런 게 삶이야, 안토니아. 삶은 증오의 온상이야. 우리가 애정을 나눠줄 필요가 없는 것에 신께 감사해야 해."
"이제 그만해요!"
"나도 더는 말하지 않겠어."
호아킨 말에 아내도 입을 다물었다.

20

 아벨의 아들은 의학을 공부하고 있었고, 그의 아버지는 아들 공부가 어느 정도 진척되었는지를 호아킨에게 알리는 습관이 생겼다. 호아킨은 아벨의 아들과 몇 번 대화를 나누면서 그 소년에게 차츰 애정을 느꼈다. 어쩌면 호아킨이 그 당시 생각했던 대로 그저 '귀엽다'고 느낀 것인지도 모른다.
 "어떻게 그림 대신 의학 공부를 시킬 생각을 했나?"
 호아킨이 아이의 아버지에게 물었다.
 "내가 시킨 게 아니야. 자기가 하겠다고 한 거지. 그 아이는 예술에 아무 소질이 없는 모양이야……."
 "그렇지, 의학을 공부하려면, 당연히, 어떠한 '소질'도 필요치 않겠지."

"난 그런 뜻으로 한 말이 아니야. 자넨 모든 걸 늘 나쁜 쪽으로만 생각하는군. 그 아이는 예술에 소질이 없는데다 예술에 전혀 관심이 없어. 내가 그린 그림을 관심 있게 본 적도 없고, 그림에 대한 지식도 없지."

"어쩌면 그게 다행인지도 몰라……."

"어째서지?"

"그 아이가 그림에 힘썼다면, 언젠가 자네를 뛰어넘는 화가가 되어 있거나 아니면 자네보다 못한 화가가 되어 있을 거야. 만약 자네를 능가하지 못한다면, 과연 아이가 그 현실을 견뎌낼 수 있을까? 다만 아벨 산체스 2세로만 불릴 테고, 어쩌면 '산체스보다 못한 아들' 또는 '아벨보다 못난 아들'이라는 꼬리표가 늘 따라다닐 텐데……."

"나를 능가하는 화가가 된다면?"

"그럼 그걸 못 견디는 쪽은 자네가 될 거야."

"도둑 눈에는 도둑만 보인다더니 꼭 그 짝이군."

"비꼬지 마. 예술가라면 누구나 다른 이의 영광을 못 견뎌하는 법이야. 특히 그게 아들이거나 형제라면 더욱. 차라리 잘 모르는 사람이 영광을 차지하는 편이 괴로움은 덜할걸. 혈연관계에 있는 둘 중에 하나가 더 우월하다면…… 그건 정말 견디기 힘들지! 이걸 어떻게 설명해야 할까?…… 아무튼 네 아들이 의학 공부를 시작한 건 잘한 일이야."

"어쨌든 돈은 더 잘 벌겠지."

"그럼 그림으로 벌어들인 수입이 시원찮았다는 건가?"

"별로 대단치는 않아."

"그래도 명성이 따라오잖아."

"명성? 그게…… 어디 오래가야 말이지."

"돈도 오래가지 않기는 마찬가지야."

"그래도 실속을 따진다면야 더 낫지."

"엄살 부리지 마, 아벨. 명성을 경멸하는 척하는군."

"진정으로 하는 말인데, 내가 지금 걱정하는 건 아들에게 재산을 물려주는 일이네."

"이름을 남기게 될 텐데 뭘."

"이름이 무슨 돈이 되겠어."

"자네 이름은 돈이 되고말고!"

"내 서명 가지고 되겠지만, 그래봤자…… 산체스 아닌가! 아들이 '아벨 S. 푸익'이나 다른 뭐로 서명을 한다 해도 비난할 노릇이 못된다네. 산체스 가의 후작이라도 시켜야겠군. 그래도 아벨이라는 이름이 산체스라는 성에서 느껴지는 신랄함을 얼마큼 덜어주지. 아벨 산체스라는 이름도 듣기엔 꽤 괜찮아."

21

 자기 자신한테서 벗어나기 위해, 자신의 병약하고 음울한 의식을 억누르기 위해, 그렇게 해서 언제까지고 자기를 따라다니며 괴롭히는 아벨의 이미지를 떨쳐내기 위해, 호아킨은 밤마다 열리는 한 모임에 자주 참석하기 시작했다. 거기서 나누는 가벼운 대화는 일종의 진정제와도 같은 구실을 했고, 그는 심지어 그 약에 취해 있기를 바랐다. 어떤 이들은 견디기 힘든 괴로움을 달래고자 또는 좌절된 사랑을 와인과 함께 흘려보내고자 술에 몸을 맡기지 않는가? 호아킨 또한 자신의 망념을 달래기 위해 모임 속으로 자신을 밀어넣었다. 그러나 스스로 나서서 대화를 이끌기보다는 주로 듣는 쪽이었다.

마침내, 약은 병보다 더 나쁜 것임이 드러났다.

호아킨은 그곳에 갈 때마다 스스로 자제하리라고, 우스갯소리를 하며 웃고 즐겁게 떠들어댈 거라고 마음먹었다. 삶에 무관심한 방관자의 모습을 보이리라고, 이해가 곧 용서라는 신념하에 너그러이 행동하는 회의론자의 모습을 거침없이 드러내리라고 마음먹었다. 그리고 자신의 의지를 좀먹는 증오의 암 덩어리가 겉으로 드러나지 못하게 하리라고 마음먹었다. 그러나 그의 병은 예상치 못한 순간 자기 입술을 통해, 그가 내뱉는 말로써 밖으로 흘러나왔다. 이제 모든 사람들이 그가 풍기는 사악한 악취를 맡을 수 있었다. 호아킨은 집으로 돌아가는 내내 이성을 잃은 채 자신의 박약함과 자제력 부족을 탓하며 자기를 몹시 꾸짖었다. 그리고 더는 그 모임에 가지 않으리라고 다짐했다.

호아킨은 속으로 중얼거렸다.

'다시 거기 가나 봐라. 절대로 안 간다. 거기 갔다간 내 문제만 나빠질 게 뻔해. 막판엔 더 악화되고 말 거야. 분위기 자체가 해로운 곳이야. 공기는 억눌린 사악함과 욕망으로 가득해. 더는 안 갈 거야. 내게 필요한 건 고독이야, 고독. 축복받은 고독!'

그러나 호아킨은 다시 그곳에 갔다.

왜냐하면 고독을 견딜 수 없었기 때문이다. 고독 속에서 호아킨은 혼자가 아니었다. 늘 다른 누군가가 그의 곁에 있었다. 다른 누군가가! 그자의 말을 귀담아 듣다가 어느새 대화를 주고받는 자신을 보고 움찔한 적도 있었다. 이 고독한 대화 속에서, 독백으로 가득한 대화 속에서, 다른 누군가는 아무 적의 없이 대수롭지 않은 문제들, 때때로 즐거운 일들에 관해 호아킨에게 말했다.

급기야 호아킨은 자신에게 물었다.

'이자는 왜 날 싫어하지 않을까? 왜 날 싫어하지 않는다지?'

어느 날 호아킨은 신에게 극악무도한 간청을 드리려는 자신을 발견했다. 아벨의 마음에 호아킨 자신에 대한 증오심이 싹트게 해 달라는 간청이었다. 또 어떤 날에는 자제심을 잃은 나머지 이렇게 바라기도 했다.

'이자가 나를 질시하기만 한다면…… 나를 질시하기만 한다면.'

이 생각은 호아킨의 격렬한 영혼을 뒤덮은 검은 구름 사이로 불길하게 번득였다. 이 생각만으로도 호아킨은 묘한 쾌감을 느꼈다. 그 쾌감은 그의 뼛속까지 전율하게 만들었다.

'내가 질시를 받게 되다니……! 질시를 받게 되다니……!'

호아킨은 곧 이런 의문이 들었다.

'이건 곧 내가 나 자신을 미워한다는 의미가 아닐까, 내가 나 자신을 질시한다는 의미가 아닐까?'

호아킨은 문 쪽으로 걸어가 열쇠로 문을 걸어 잠갔다. 그리고 주위를 둘러보며 여기에 자기 혼자뿐이라는 걸 확인하고 나서 무릎을 꿇고 눈물 어린 목소리로 호소했다.

"신이시여, 당신께서는 네 이웃을 네 자신처럼 사랑하라고 하셨습니다. 한데 저는 이자를 전혀 사랑할 수 없습니다. 제가 제 자신을 사랑하지 않기 때문입니다. 저는 제 자신을 사랑하는 법을 모릅니다. 저는 제 자신을 사랑할 수 없습니다. 신이시여, 왜 저를 이런 인간으로 만드셨나이까?"

호아킨은 성경책을 집어 다음 구절이 있는 장을 펼치고 읽었다.

"그리고 하느님이 카인에게 물으셨다. 네 동생 아벨은 어디 있느냐?"

그는 천천히 책을 덮으며 중얼거렸다.

"그리고 나는 어디에 있을까?"

그 순간 밖에서 인기척이 들리자, 호아킨은 황급히 문을 열었다.

"아빠! 아빠!"

그의 딸이 안으로 들어오며 즐거운 목소리로 아빠를 불

렀다. 호아킨은 어린 딸의 생기 넘치는 목소리를 듣자, 다시 환한 빛을 발견한 듯싶었다. 호아킨은 딸에게 입맞춤한 뒤, 딸 귓가에 대고 나직이 속삭였다. 딸 말고는 아무도 듣지 못하도록.

"이 아버지를 위해 기도하렴."

"아버지, 아버지!"

아이는 팔을 뻗어 아버지 목에 두르며 외쳤다.

호아킨은 딸의 어깨 속으로 얼굴을 파묻으며 눈물을 터뜨렸다.

"아빠, 왜 그래요? 아파요?"

"응, 그래, 아빠는 아프단다…… 하지만 더 이상 묻지 말거라."

 호아킨은 다시 밤마다 열리는 사교 모임에 발을 들여놓았다. 두 번 다시 안 가겠다는 그의 결심은 매번 허무하게 무너졌다. 날마다 그는 모임에 갈 또 다른 핑계를 만들었다. 그 모임의 대화는 맷돌질하듯 끊임없이 무언가를 화제에 올려 짓찧었다.

 모임 구성원들 중에는 인정이 눈곱만큼도 없는 페데리코 쿠아드라도가 있었다. 누가 남을 칭찬하는 소리를 들으면 늘 이런 반응을 보였다.

 "이렇게 치켜세우는 건 또 다른 누구를 골탕 먹이려는 짓 아닌가?"

 페데리코는 특유의 나직하고 차갑고 날카로운 목소리로

이렇게 말하기도 했다.

"아무도 나는 못 속이지, 암. 입에 침이 마르도록 누구를 칭찬할 때는 반드시 다른 누구를 마음속에 두고 있는 거네. 그건 바로 칭찬받는 쪽의 경쟁 상대야. 다분히 그의 위신을 떨어뜨리려는 속셈이지. 설령 의도적인 악감정을 품은 게 아니더라도…… 그런데 문제는 아무도 선의를 갖고 칭찬하는 법이 없다는 거야."

"저기 보게."

이때 비꼬길 잘하는 페데리코를 부추기는 걸 취미로 삼는 레온 고메즈가 끼어들었다.

"저기 레오비힐도가 있군. 저 친구가 남을 안 좋게 말하는 걸 아무도 들어본 적이 없다는군……".

"글쎄."

한 지방의원이 말했다.

"레오비힐도는 정치인이야. 정치인은 모든 사람과 좋은 관계를 유지해야 하지. 페데리코, 자넨 어떻게 생각하나?"

"내가 보기에 레오비힐도는 죽을 때까지 단 한 번도 누구를 나쁘게 말할 위인이 아니네. 그렇다고 좋게 생각할 위인도 아니지……. 누구를 자빠뜨리려고 밀치기는커녕 손가락 하나 까딱 못할걸. 주위에 보는 사람이 아무도 없어도 말이지. 그건 형법뿐만 아니라 지옥도 두려워하기 때문이야. 하지만 누가 스스로 자빠져 머리통이 깨지기라도 한다면, 뼛속까지 즐거워할 사람이 바로 레오비힐도라구. 그 깨진 두개골을 보는 기쁨을 만끽하기 위해 제일 먼저 병문안 가서 슬픔을 드러낼 사람이지."

"어떻게 그런 생각을 하며 사는지 난 이해가 안 가는군."

호아킨이 불쑥 말했다.

"무슨 생각? 레오비힐도, 나, 아니면 자네?"

페데리코가 호아킨 말꼬리를 물고 늘어졌다.

"지금 누가 내 얘길 했다고 그래!"

호아킨은 매우 언짢은 표정으로 내뱉었다.

"여보게, 지금 내가 하잖나. 여기 우리가 모두 서로 잘 아는데, 새삼스레……."

호아킨은 얼굴빛이 하얘지는 걸 느꼈다. 페데리코가 공격 대상으로 삼는 사람이라면 누구에게든 툭하고 던지듯 말하는 '여보게'가 호아킨의 폐부를 강하게 찔렀다.

"어째서 그토록 레오비힐도에게 반감을 갖고 있는지 모르겠군."

호아킨은 그렇게 말하는 순간 아차 싶은 맘이 들었다. 위험하게 타오르는 불에 기름을 부은 격이 되었으니 말이다.

"반감이라니? 내가? 레오비힐도를?"

"그래…… 저 친구가 자네에게 무슨 해를 끼친 건진 모르겠지만."

"여보게, 우선, 누가 꼭 자네에게 해를 끼치지 않아도 자네는 그 누구에게 반감을 품을 수 있어. 자네가 누구를 싫어할 때, 그러니까 그 '반감'이라는 걸 품을 때 말이야, 어디까지나 악의 있는 행동을 꾸며내기란 쉽다는 거지. 그러니까 자네에게 무슨 해를 끼쳤다고 상상하는 건 아주 쉽다, 이 말이야……. 둘째, 나는 레오비힐도에게 다른 누구보다 더 큰 반감을 가지고 있지 않네. 나에게 그는 하나의 인간일 뿐이야. 게다가 '정직한' 인간이지!"

"자네야말로 이골이 난 염세가인 것처럼……."

그 지방의원이 말하기 시작했다.

"인간은 가장 썩어빠지고 가장 추악한 동물이야. 이 말을 이미 수천 번도 더 한 것 같군. 그리고 그 '정직한' 인간이야말로 가장 쓰레기지."

"어허, 이 친구 보게."

레온 고메즈가 그 의원 말을 반박하고 나섰다.

"그럼 아까 한 말은 다 뭐야? 레오비힐도를 정직한 정치인이라고 치켜세울 땐 언제고?"

이번에는 페데리코가 발끈했다.

"정직한 정치인이라니? 그거 참 웃기는 소리군!"

"왜지?"

세 사람이 한꺼번에 물었다.

"왜냐? 그야 저 친구는 제 말로 자기가 정직하지 못하다는 걸 입증했으니까. 뻔뻔스럽게도 연설 도중, 글쎄 제 자신을 정직한 사람이라고 하더군. 스스로 자신을 그렇게 내세우는 건 정직한 게 아니지. 우리 주 예수 그리스도는 복음에서……."

"그리스도를 함부로 들먹이지 말게, 제발!"

호아킨이 말했다.

"어째서? 여보게, 그리스도도 자네를 고통스럽게 하는가?"

잠시 우울하고 차가운 침묵이 흐르더니, 페데리코가 다시 말을 이었다.

"우리 주 예수 그리스도는 당신을 선하다고 말하지 말라 하셨어. 오로지 신만이 선하기 때문이라는 거야. 그런데 기독교를 믿는다는 나부랭이들은 스스로 정직하다고 떠벌리지 않겠나."

"'정직'한 거랑 '선한' 거랑은 엄연히 다르지."

이번에는 치안 판사인 비센테 씨가 대화에 끼어들었다.

"아, 드디어 판사님이 납시었군. 판사님의 합리적이고 올

바른 판결을 듣게 되다니 그리스도께 감사해야겠네!"

그때 호아킨이 말했다.

"그럼 그 누구도 스스로 정직하다고 말해선 안 된다는 건가? 스스로 악하다고 말하는 건?"

"그럴 필요까진 없지."

치안 판사 비센테 씨가 말을 받았다.

"쿠아드라도 선생이 원하는 바는 사람들이 스스로 간악하다는 걸 자백하는 일이고, 그런 자기들 처지를 내내 유지하는 거라고 할 수 있지, 안 그런가?"

"말 한 번 잘하는군!"

지방의원이 외쳤다.

페데리코가 대답했다.

"여보게, 분명히 알아야 할 것은 거룩한 어머니 교회에서 이루어지는 고해성사가 어떠한 점에서 우수하냐면……."

"어떤 점에서는 야만적이기까지 하지."

치안 판사가 말을 가로챘다.

"야만적이라니, 천만에, 아주 현명한 제도야. 마음 편히 죄를 짓는 데 필요한 게 바로 고해성사지. 왜냐하면 자신의 죄가 용서받으리라는 걸 알기 때문이야. 그렇지 않나, 호아킨?"

"그렇겠지, 참회하지 않는다면……."

"여보게, 사람은 누구나 참회를 하지. 그리고 다시 죄를 짓고, 또 다시 참회를 하거든. 후회할 걸 알면서도 죄를 저지른단 말이야. 다시 죄를 저지를 걸 알면서 후회를 하고. 마침내는 죄를 저지르는 동시에 후회를 하게 돼. 그렇지 않나?"
"인간이란 동물은 신비로워."
레온 고메즈가 말했다.
"그런 어리석은 소리 말게!"
페데리코가 꾸짖었다.
"그게 왜 어리석은 소리지?"
"모든 '철학적' 명언이 그렇고 그 자리에서 되는 대로 지껄인 금언과, 잠언의 모양새를 갖춘 엄숙하고 일반적인 글귀가 다 어리석은 소리야."
"그럼 철학은?"
"지금 여기서 우리가 하는 철학만큼 철학다운 게 또 어딨나……?"
"남을 헐뜯는 거 말인가?"
"그렇지. 사람은 헐뜯길 때가 가장 좋은 때야."
모임이 끝나고 나서, 페데리코가 호아킨에게 다가가 집에 갈 건지를 물었다. 잠시 동행했으면 했기 때문이다. 그러나 호아킨은 왕진을 갈 곳이 있다고 대답했다.

"그래 이해해. 왕진은 핑계고, 혼자 있고 싶다는 거지? 이해하네."

"어떻게 이해한다는 건가?"

"사람은 혼자 있을 때만큼 좋은 게 없지. 하지만 고독이 버겁게 느껴지면 내게 연락하게. 자네 짐을 덜어줄 만한 친구로 나만한 적임자가 또 어딨나?"

"자네 짐은 어떻게 하고?"

호아킨이 불쑥 말했다.

"쳇, 누가 신경이나 쓴대?"

둘은 그렇게 헤어졌다.

23

 호아킨이 사는 도시에는 아라곤 출신의 한 가난뱅이가 떠돌아다녔다. 다섯 아이의 아버지인 그는 글을 베끼는 일이든 뭐든, 돈이 되는 거면 무슨 일이나 닥치는 대로 했다. 툭하면 아는 사람들한테도 도움을 청했는데— 그런 처지에도 친구가 있었다면 말이다—, 5페세타 지폐 두세 장을 얻기 위해 천 가지 핑계를 늘어놓기까지 했다. 무엇보다 안타까운 건 이 가난뱅이가 지인들 집에 때때로 자기 아이나 심지어 아내를 보낸다는 사실이었다. 도움을 구하는 편지 쪼가리를 손에 쥐어준 채. 호아킨도 이따금 그를 도왔다. 특히 집에 아픈 사람이 있어서 왕진을 부탁할 때면 지체 없이 달려갔다. 호아킨은 그 가엾은 남자를 돕는 동안 야릇한 만족을 느꼈다. 인간악에 희생당한 모습을 그에게서 보았기 때문이다.

언젠가 호아킨은 아벨에게 그 사람에 대해 물었다.

아벨이 말했다.

"그 친구야 잘 알지. 한동안 일거리를 주기도 했는걸. 하지만 타고난 부랑자에 게으름뱅이야. 슬픔을 달랜다고 하루라도 술집에 안 가는 날이 없어. 집에 당장 끼니 끓일 것이 없어도 말이지. 게다가 한시도 담배를 물지 않는 날이 없지. 괴로움을 담배 연기로 달래고 싶다나."

"하지만 그걸로만 판단할 수는 없어. 속사정이란 것도 있잖아······."

"그런 엉터리 소리 마. 내가 견딜 수 없는 건 그자가 되는 대로 빨리 갚겠다고 입버릇처럼 하는 말이야. 차라리 적선해 달라고 하는 편이 더 낫잖아! 그럼 솔직하고 고상해 보이기나 하지. 마지막으로 내게 왔을 때, 15페세타를 빌려달라고 하더군. 그래서 나는 5페세타를 주며 이렇게 말했어. '갚을 필요는 없네.' 정말 그런 게으름뱅이도 없다니까."

"그렇게까지 할 거 뭐 있나······?"

"자네, 또 시작이군? 그러니까 그 사람이 무슨 잘못이 있냐는 건가?"

"그래 그거야! 그 사람이 무슨 잘못이 있어?"

"그래, 알았네. 그만하지. 자네가 정 돕고 싶다면, 그렇게 해. 말리지 않을 테니까. 그자가 내게 다시 부탁하거든 나도 원하는 대로 들어주지."

"굳이 말 안 해도 알아. 자네 속을 들여다보면 자넨……."

"또 그 '속' 타령이야? 나는 화가지만, 사람 속을 그리진 않아. 그리고 확신하는데, 사람은 누구나 속에 있는 걸 어떻게든 밖으로 드러내놓게 마련이야."

"하기야 자네에게 사람은 한낱 그림의 모델에 지나지 않으니까……."

"자네는 어떻고? 자네 눈에는 사람이 다 환자로밖에 보이지 않을 텐데? 사람 속을 들여다보고 몸 안에서 나는 소리를 들어 진단하는 게 바로 자네 일이니까……."

"그래, 시시한 일이야……."

"어떻게 그게 시시한 일이야?"

"사람 속을 들여다보는 데 이골이 날 때면 어느새 제 자신을 들여다보게 되지. 자기 내부에 청진기를 대고 소리를 듣게 되는 거야……."

"뭐, 그런 대로 장점이 있겠지. 나는 거울 속 내 모습을 보는 것만으로도 족한데……."

"거울 속에서 자네 자신을 정말 들여다보았나?"

"당연하지! 내가 자화상을 그린 거 몰랐어?"

"안 봐도 걱작이겠군……."

"글쎄, 아주 나쁘다고 할 순 없지……. 그래 자넨, 자네 속을 깊이 들여다보았나?"

그리고 다음날, 호아킨은 모임이 끝난 뒤 페데리코와 동행했다. 수치스러운 방법으로 구걸하며 도시를 떠도는 그 가엾은 남자를 어떻게 생각하는지 그에게 묻고 싶어서였다.

"우리 둘뿐이니 독설일랑 빼고 사실대로 말해주게."

"그 비렁뱅이 놈은 감옥에 있었어야 할 위인이야. 적어도 거기에서라면 더 잘 먹고 더 편히 살았을걸."

"아니 무슨 짓을 했다고 감옥이야?"

"아무 짓도 하지 않았어. 다만 했어야 한다는 거지. 그러니까 그자가 감옥에 있었어야 할 위인이라고 말하는 거네."

"무슨 짓을 했어야 한다는 건데?"

"동생을 죽였어야 해."

"또 시작이군!"

"지금 설명할 테니 잘 듣게. 이 가난한 작자는 자네도 알다시피 아라곤 지방 사람이야. 아직도 그 지방에서는 재산 분배 방식을 제 맘대로 정할 수 있거든. 이자는 맏아들이었고 합법적인 상속자였어. 그런데 불행히도 아름답고 정직하지만 집안이 가난한 어느 여자와 사랑에 빠졌지. 아버지는 둘의 관계를 결단코 반대했어. 심지어 그 여자와 결혼하기라도 하는 날에는 재산 상속권을 박탈하겠다고 위협하기까지 했어. 사랑에 눈먼 그는 덜컥 여자의 순결을 더럽혔지. 그렇게 해서 아버지를 설득하려고 했던 거야. 하지만 뜻대로 되지 않자, 끝내 여자와 결혼을 하고 집을 떠났어. 그는 그 지역을 벗어나지 않고 처가에 얹혀살았지. 거기서 열심히 일을 도우며 아버지의 화가 누그러지기를 기다렸어. 그러나 뼛속까지 아라곤 사람이었던 그의 아버지는 마음이 누그러지기는커녕 더 단단히 굳어졌지. 그래서 죽을 때는 그의 상속권을 빼앗고 둘째 아들에게 재산을 싹다 물려주었어. 재산은 어지간히 있었던 모양이야. 그 뒤에 처가 부모가 죽자, 그는 동생에게 일거리를 부탁하러 갔지. 그러나 동생은 매몰차게 거절했어. 그는 이 몹쓸 동생을 죽이고 싶었겠지. 죽이고 싶을 만큼 강한 분노를 억누르기 위해 이 도시까지 흘러와 그렇게 동냥을 구하며 살고 있는 거네. 이야기는 여기서 끝이야. 아주 교화적인 내용이 아닌가?".

"그렇군, 아주 교화적이군!"

"그가 야곱과도 같은 자기 동생을 죽였더라면, 그건 끔찍한 일이었을 거야. 동생을 죽이지 않았다 해도 마찬가지로 끔찍한 일이지……. 아마 더 끔찍한 일일걸."

"그런 말 말게, 페데리코."

"하지만 그게 사실이야. 그는 지금 비참하고 수치스럽게 살고 있어. 마치 기생충처럼. 게다가 자기 동생을 증오하며 살고 있지."

"만약 동생을 죽였다면?"

"그럼 그 증오심은 치유됐겠지. 자기 죄를 뉘우치며 동생에 대한 기억을 떠올렸을 거야. 행동은 사람을 자유롭게 만든다네. 그리고 나쁜 감정들을 모두 날려버리도록 해주지. 영혼을 병들게 하는 건 바로 그 나쁜 감정들이야. 내 말을 믿게, 호아킨. 내가 누구보다 잘 알아."

호아킨이 페데리코를 찬찬히 응시했다.

"자네는 어떤가?"

"나? 자네가 언제부터 자네와 관계없는 일들에 관심이 많았지? 나의 모든 냉소는 방어적이라는 것만 알아두게. 나는 다들 내 아버지라고 알고 있는 사람의 아들이 아니네. 나는 간통을 해서 낳은 자식이야. 내가 가장 증오하는 건 바로 내 아버지야. 다른 아버지의 사형 집행자나 다름없었던 내 친아버지. 지금 내가 쓰고 있는 이 부당한 이름은 다른 아버지가 비겁하고 야비하게 물려준 이름이라네."
 "하지만 자네를 낳지 않았어도 길러주신 분이 아닌가……."
 "사실, 자네가 나를 길러주었다고 생각하는 그 아버지는 실제로 나를 길러준 게 아니었어. 대신 내 친아버지에 대한 원한과 증오를 나에게 퍼부었지. 내 친아버지는 나를 낳게 한 뒤 내 어머니를 지금의 아버지와 억지로 결혼시켰다네.

24

 아벨의 아들 아벨린이 학과 과정을 모두 마쳤을 때, 그의 아버지는 호아킨에게 찾아가 자기 아들을 조수로 써 달라고 부탁했다. 호아킨은 그 소년을 조수로 받아들였다.
 호아킨은 딸에게 바치는 「고백」에 이렇게 남겼다.

 나는 그 부탁을 들어주었다. 호기심과 그의 아버지를 미워하는 마음과(그 당시 내게는 평범하게 느껴졌던) 그 소년에 대한 호감이 야릇하게 한데 뒤섞인데다 어쩌면 이로 말미암아 내 사악한 욕망에서 스스로 자유로워질 수 있을 거라는 기대감도 들었기 때문이다. 그와 동시에 마음 깊은 곳에서 내 악마가 이렇게 속삭였다.

'아들이 실패한다면 그 아비의 콧대는 꺾이고 말 거야.'

한편으로는 그 소년에게 애정을 느낀다면, 그의 아버지를 미워하는 마음으로 고통받던 내 영혼이 구원받을지 모른다고 생각했다. 다른 한편으로는 아벨 산체스가 그림으로 성공했다 하더라도 그의 피를 이어받은 또 다른 아벨 산체스는 의사의 길을 걷는 데 실패하게 되기를 바라는 마음도 있었다. 그 당시 나는 그 소년에게 얼마나 깊은 애정을 느끼게 될지 전혀 상상하지 못했다. 내 영혼을 비참하게 만들고 어두운 나락으로 빠트린 장본인의 아들을 말이다.

시간이 지나면서 호아킨과 아벨의 아들은 서로 끌리는 걸 느꼈다. 아벨린은 영특했고, 호아킨의 가르침대로 열심히 따랐다. 게다가 호아킨을 '스승님'이라고 불렀다. 그의 스승은 아벨린을 훌륭한 의사로 키우고 싶은 마음에 임상 경험을 바탕으로 축적한 수많은 자료를 그에게 보여주었다.

'내 불온한 영혼 때문에 시작조차 할 수 없었던 의학 연구를 저 아이가 시작할 수 있도록 내가 이끌어야지.'

호아킨은 속으로 다짐했다.

"스승님."

어느 날 아벨린이 호아킨에게 말했다.

"왜 제게 보여주셨던 관찰 일지들과 메모들을 하나로 묶어 책을 내시지 않는 겁니까? 굉장히 흥미롭고 유용한 책이 될 텐데요. 스승님 자료들에는 천재성과 비범한 과학적 지혜가 숨어 있어요."

"사실은, 아들아(호아킨은 아벨린을 습관적으로 그렇게 불렀다), 난 그럴 수 없단다. 그럴 수가 없어……. 그러고 싶은 생각이 없어. 그럴 의지도, 용기도 없거니와 그럴 만큼 마음이 안정되어 있지도 않단다. 왜 그런지는 나도 모르겠다만……."

"일단 시작하고 볼 일 아니겠어요……."

"그건 네 말이 맞다. 우선 시작하고 볼 일이지. 하지만 나는 이미 여러 번 생각했고, 끝내 그럴 결심은 생기지 않더구나. 내가 책을 쓴다니…… 더구나 이 나라 스페인에서…… 그것도 의학에 관해……! 헛수고하는 일일 게다. 다 부질없는 일이지……."

"아니에요, 스승님 작품은 그렇지 않을 거예요. 그건 제가 보장합니다."

"아들아, 내가 이루지 못한 걸 네가 대신 이루렴. 지긋지긋한, 환자 받는 일은 그만두고 의학 연구에 힘쓰도록 해. 생리학, 조직학, 병리학 연구를 파고들려무나. 돈벌이가 되는 환자 치료는 집어치우고. 네게 재산이 없는 것도 아니니,

네 아버지 그림들이 확실한 보장이 돼줄 테니 말이야. 너는 연구에만 전념하는 거다."

"스승님 말씀이 옳은지도 모릅니다. 그렇다고 해도 스승님이 전문의로서 회고록을 집필하는 건 큰 의미가 있습니다."

"네가 정 원한다면, 그럼 이렇게 하는 건 어떻겠니? 너한테 그간 기록한 일지를 죄다 주겠다. 일일이 설명해주고 네 질문에 답을 해줄 테니 네가 책을 출판하렴. 어때? 해보겠느냐?"

"네 좋아요! 정말 좋은 생각이에요. 저는 스승님의 조수로 있는 동안 줄곧 제가 듣고 배운 것을 모조리 기록해 두었어요."

"장하다, 아들아, 아주 장하구나."

호아킨은 깊은 애정을 담아 소년을 껴안았다.

나중에 호아킨은 이렇게 생각했다.

'이 아이는 내 작품이 될 거다! 아벨이 아닌 내 작품이야. 마침내 아이는 나를 존경하게 될 거야. 내가 자기 아버지보다 더 가치 있는 사람이란 걸 알게 될 거다. 아버지의 그림보다 내 의술에서 더 큰 예술성을 발견하게 될 거다. 그리고 아벨에게서 아이를 빼앗을 것이다. 그렇다. 나는 그 아이를 빼앗으리라. 그가 내게서 헬레나를 앗아갔듯이, 나는 그에게서 그의 아들을 빼앗으리라. 아벨린은 내 아들이 될 것이다. 누가 아는가……? 자기 아버지가 어떤 사람인지를 알

면, 그가 내게 어떤 짓을 했는지 알면, 그땐 자기 스스로 아버지와 인연을 끊을지.'

"어디 말해보렴."

어느 날 호아킨이 제자에게 물었다.

"어떻게 의학 공부를 시작하게 된 거지?"

"잘 모르겠어요……."

"네가 그림에 매력을 느끼는 게 오히려 더 자연스러운 일일 텐데 말이야. 소년 시절에는 대개 아버지 직업에 끌리게 마련이거든. 일종의 모방 심리랄까…… 아무래도 주변 영향을 가장 많이 받게 될 때니까……."

"저는 그림에 도통 관심이 없었는걸요."

"네 아버지도 그러더군……."

"제 아버지 그림은 더더욱 관심이 안 가요."

"아니 그게 무슨 말이니?"

"아버지 그림을 봐도 아무런 느낌이 없어요. 아버지도 그럴는지 모르죠······."

"이거 심상치 않게 들리는구나. 더 자세히 말해보겠니······?"

"여기에 스승님하고 저밖에 아무도 없으니, 게다가 스승님은 제게 둘째아버지나 다름이 없으시고······ 음, 그리고······ 그리고 스승님은 아버지와 갓난아이 때부터 서로 알았던 가장 오랜 친구시고, 또 형제나 다름없는 사이시니까······."

"그래, 그래, 그만하면 됐다. 아벨과 나는 형제나 다름없는 사이고······ 어디 본론을 말해보렴."

"네, 그럼, 스승님께 제 생각을 솔직히 털어놓겠어요."

"그렇게 하렴. 네가 무슨 말을 하든 비밀은 지켜주겠다."

"네, 실은 전 아버지가 당신이 그린 그림에 어떤 느낌을 갖고 있긴 한 건지 의심스러워요. 더구나 다른 무엇에 대해서도요. 아버지는 마치 기계처럼 그림을 그리세요. 그 점에선 가히 천부적인 재능을 타고나셨죠. 그러나 느낌을 말하자면······."

"그건 나도 늘 생각해왔던 바야."

"정말이세요? 제가 듣기론 과거에 스승님께서 지금도 사람들 사이에서 회자될 만큼 유명한 연설을 하신 덕분에 아버지 명성이 훨씬 높아졌다고 하던데요?"

"그럼 내가 달리 무슨 말을 할 수 있었겠니?"

"네, 바로 그거예요. 제가 말하고 싶은 게. 어쨌든 아버지는 그림뿐 아니라 그 어떤 것에도 아무 느낌이 없는 사람 같아요. 아버지 가슴은 코르크로 만들어진 게 분명해요."

"그런 말은 함부로 하는 게 아니다, 아들아."

"네, 코르크요. 아버지는 오로지 당신의 영광을 위해 사는 분이에요. 명예를 경멸하는 것처럼 말씀하시지만, 제게는 다 우습게만 들려요. 정말 우습기 그지없어요. 오히려 박수갈채만을 좇는 사람인걸요. 아버지는 이기주의자예요, 지독한 이기주의자. 당신 말고는 다른 누구도 사랑하지 않아요."

"음…… 다른 누구도…… 그건 좀 과장인 것 같구나."

"하지만 그게 사실인걸요. 아버지가 어떻게 어머니와 결혼하게 되었는지 모르겠어요. 전 두 분이 정말 사랑했는지조차 미심쩍어요."

그 말을 들은 호아킨의 얼굴빛이 바뀌었다. 이에 아랑곳하지 않고 소년은 말을 이어갔다.

"아버지가 몇몇 모델들과 그렇고 그런 사이라는 것도 알아요. 그건 다 아버지 변덕 때문이고 일종의 자기 과시에서 비롯된 거예요. 실제로 누구도 좋아하지 않으세요."

"하지만 너는 예외가 아닐까 하는데……."

"아버지는 제게 아무 관심이 없으세요. 물론 저를 길러주셨고 학비도 대주셨지요. 제게 들어가는 돈이라면 아까워하지 않으셨어요. 지금도 그렇구요. 하지만 아버지 앞에서 전 있으나 마나 한 아들이나 다름없어요. 아버지께 역사나 예술, 기법, 그림, 당신이 하셨던 여행, 그밖에 여러 가지를 여쭤보아도 돌아오는 대답은 늘 같아요. '날 좀 내버려두거라. 귀찮게 굴지 말고.' 언제는 이렇게도 말씀하셨어요. '스스로 배우거라! 내가 그랬던 것처럼 너도 좀 배우거라! 책에 다 나와 있으니까.' 정말 스승님과는 하늘과 땅 차이세요!"

"아들아, 어쩌면 정말 몰랐던 건지도 모른단다. 부모들은 본인이 자식들보다 더 무지하고 우둔하다는 걸 인정하고 싶지 않아서 자식들에게 때때로 부당한 행동을 하지."

"아니에요, 그런 건 아니에요……. 상황은 그보다 더 심각해요."

"더 심각하다니? 어떻게 그렇다는 거지?"

"네, 더 심각하고 말고요. 아버지는 제가 무얼 하든 저를 꾸짖는 법이 결코 없으세요. 비록 제가 버릇없거나 제멋대로인 건 아니지만, 젊은이라면 누구나 잘못을 저지르거나 유혹에 쉽사리 빠지게 마련이잖아요. 그런데도 아버지는 관심을 갖고 제게 물으신 적이 없어요. 설령 아신다고 해도 아무 말씀도 하지 않으세요."

"그건 네 성실한 성품을 높이 사고 너를 믿는다는 증거가 아니겠니……? 어찌 보면 아들을 키우는 가장 관대하고 고상한 방법이기도 하단다. 신뢰감을 보인다는 건……."

"그런 게 아니에요, 스승님. 그건 단순한 무관심이에요."

"그렇게 확대 해석해선 안 돼. 그건 무관심이 아니란다……. 네 양심이 네게 아직 말해주지 않는 것을 아버지라고 해서 뭐라 일러줄 수 있었겠니? 아버지는 재판관이 아니란다."

"하지만 제게 동료나 조언자나 친구나 선생님 같은 존재가 될 수는 있잖아요. 스승님처럼요."

"그렇지만 체면이랄까 그런 게 아버지와 아들 사이를 가로막기도 한단다."

"스승님은 아버지의 가장 친한 친구고 또 가장 오랜 친구니까 그리고 거의 형제 같은 사이니 아버지를 두둔하시는 게 당연하지요. 그런데……."

"그런데 뭐냐?"

"제가 다 말씀드려도 될까요?"

"그래, 다 말해보아라."

"그러니까, 전 아버지가 스승님에 대해 말씀하시는 걸 몇 번 들었는데, 언제나 좋게만 말씀하셨어요, 그것도 지나치게요. 그런데 그게……."
"그런데 뭐지?"
"네, 그거예요. 지나치게 좋게 말씀하시는 거요."
"그래서 무슨 말을 하고 싶은 거냐?"
"그러니까, 전 스승님을 알기 전까지 스승님을 전혀 다른 분이라고 생각했어요."
"좀 더 자세히 말해보겠니?"
"아버지는 스승님을 깊은 번뇌로 고통 받는 영혼의 소유자로, 그 누구보다 비극적인 인물로 묘사하셨어요. 그리고 자주 이렇게 말씀하셨어요. '호아킨의 영혼을 그릴 수만 있다면.' 꼭 스승님과 아버지 사이에 무슨 비밀이라도 있는 것처럼요……."
"그건 너의 괜한 의심이야……."
"아니에요, 그게 아니라니까요."
"네 어머니는 뭐라 하시던?"
"아, 제 어머니는……."

26

"여보, 있잖아요."

어느 날 안토니아가 남편에게 말했다.

"어느 날 갑자기 우리 딸이 우리를 떠나버리거나 누가 우리 딸을 데려가버릴 것만 같아요……."

"호아키나가? 아니 그 애가 어디로?"

"수녀원으로요!"

"그럴 리가!"

"아니요. 충분히 그럴 수 있어요. 당신은 당신 일에 파묻혀 지내는데다 아벨 아들에게만 관심을 쏟고 있으니 모를 수밖에요. 마치 그 아이를 양자로 삼은 듯싶더군요……. 누가 보더라도 당신이 당신 딸보다 그 아이를 더 좋아한다고 말할 거예요……."

"그저 나는 그 아이를 구해주려는 것뿐이야. 자기 부모한테서 구해주려는 거라구……."

"아니요, 당신은 복수하려는 거예요. 여전히 복수심에 불타고 있어요! 어쩜 용서하지도, 잊지도 않는군요! 신께서 당신을 벌하실까 봐, 아니 우리를 벌하실까 봐 두려워요……."

"아, 그럼 호아키나가 수녀원에 들어가겠다는 이유가 바로 이 때문이요?"

"그렇게 말하지 않았어요."

"지금 내가 말하잖소. 따지고 보면 마찬가지 얘기지. 아벨린에게 질투가 나서 가겠다는 거 아니요? 내가 자기보다 그 아이를 더 사랑하게 될까 봐 두려워서? 그런 이유라면……."

"그 때문이 아니라구요."

"그럼 뭐지?"

"나도 모르겠어요……. 신의 부르심을 받았다고 했어요. 신께서 그곳으로 자신을 부른다고……."

"신? 신이라구? 아마 그 애의 고해 신부일걸. 그 신부가 누구요?"

"에체바리아 신부님이에요."

"내 고해 신부였던?"

"네 맞아요."

호아킨은 맥이 풀렸다. 그리고 깊은 생각에 빠져들었다. 다음 날, 호아킨은 아내를 불러 이렇게 말했다.

"호아키나가 수녀원에 들어가겠다는 이유가 뭔지 알 듯해. 아니 그보다는 에체바리아 신부가 우리 아이를 수녀로 만들려는 까닭을 알 듯하다고 해야겠군. 당신 기억해? 내 영혼을 흔들어놓는 어두운 망상과 나를 차츰차츰 더 짓누르는 사악함을 떨쳐내기 위해 교회에 내 몸과 마음을 맡겼던 때를 말이요. 하지만 갖은 애를 써도 나는 내 목적을 이룰 수 없었어. 에체바리아 신부도 나를 돕지 못했어. 날 도울 수 없었지. 내 영혼을 치유하기 위해선 오직 한 가지 방법밖에는 없으니까."

호아킨은 잠시 침묵했다. 아내의 질문을 예상했으나 아내가 아무 반응을 보이지 않자, 다시 입을 열었다.

"사악한 영혼을 치유하려면 죽음밖에 방법이 없어. 누가 알겠어……? 내가 사악한 영혼과 함께 태어났는지. 내가 죽어야만 이 영혼도 죽게 되는지. 그런데 이 신부라는 작자가, 날 도울 수도, 교화할 수도 없는 이 엉터리 신부가 감히 내 딸을, 당신 딸을, 우리 딸을 수녀원으로 끌어들이려고 하다니. 그곳에서 날 위해 기도하라고, 자기 자신을 희생해서 날 구하라고……."

"그건 희생이 아니에요……. 신의 부르심을 받았다고 했어요."

"그건 사실이 아니야. 그 아이는 거짓말을 하는 거요. 수녀가 되겠다는 여자들 거의가 일을 하지 않으려고 하는 거라오. 수녀원에서라면 가난하지만 안정된 삶을 누릴 수 있거든. 신비로운 낮잠이나 자면서. 아니면 집을 뛰쳐나가려는 거야. 우리 딸은 이 집에서, 우리한테서 벗어나려고 수녀가 되겠다는 거야."

"'당신한테서'겠죠……."

"그래 맞아. 호아키나는 내게서 도망치고 있어. 내 비밀을 대충이라도 짐작한 거야!"

"당신이 다른 데에만 지나치게 관심을 쏟고 있으니까……."

"그러니까 우리 애가 그 아이에게서도 도망치고 있다는 얘기요?"

"당신의 변덕스러움을 피해 도망치는 거예요. 당신의 새로운 변덕 때문에요……."

"변덕? 내게 무슨 변덕이 있다는 거요? 여보, 난 조금도 변덕스럽지 않아. 난 모든 걸 심각하게 받아들이는 사람이야, 모든 걸. 당신도 잘 알잖아?"

"네, 너무 심각해서 탈이죠."

안토니아는 눈물을 흘리기 시작했다.

"자, 울지 말아요, 여보. 당신은 나의 작은 성녀이고 작은 천사야. 내가 한 말 때문이라면 용서하구려……."

"아니요, 오히려 아무 말 않는 게 전 더 싫어요."

"안토니아, 제발, 제발, 우리 딸이 우리를 떠나게 해선 안 돼. 그 아이가 수녀원에 간다면 그건 날 죽이는 거야. 그래 날 죽이는 거야. 날 죽이는 거라구. 여기서 못 나가게 해야 해. 내 딸이 원하는 거라면 뭐든지 하겠어……. 아벨린이 오지 않길 바란다면 그렇게 할게. 더는 오지 말라고 하겠어……."

"당신이 예전에 이렇게 말했죠. 우리에게 딸이 하나만 있어서 얼마나 다행인지 모른다고. 우리 애정을 나눠줄 필요가 없으니까……."

"절대 나눠주지 않을 거야!"

"그건 더 안 좋은 거예요……."

"안토니아, 우리 딸은 날 위해 자기 자신을 희생하려 하고 있어. 수녀원에 들어가면 내가 얼마나 절망에 빠질지 모르고. 내 딸의 수녀원은 바로 이 집이야!"

27

 이틀 뒤 호아킨은 자기 서재에서 아내와 딸과 함께 그 문제를 두고 이야기했다.
 "아빠, 그건 하느님이 원하시는 거예요!"
 호아키나가 단호한 얼굴로 아버지를 보며 꿋꿋하게 말했다.
 "그건 신이 아니라 네 형편없는 고해 신부가 바라는 거겠지."
 호아킨이 대답했다.
 "어떻게 너 같은 어린아이가 신이 원하는 걸 안다는 거냐? 언제 신과 대화를 나누기라도 했다는 거야?"
 "매주 성찬식에 참석하는걸요, 아버지."
 "단식 중에 느낀 현기증을 신의 계시로 착각한 모양이구나?"
 "단식 중에는 오히려 나쁜 생각이 든다구요."

"아무튼 그 결정은 받아들일 수 없어. 신은 그걸 원하지 않아. 아니, 원할 리가 없어. 다시 한 번 말하겠는데, 신은 그걸 원할 리가 없다!"

"신께서 무엇을 원하시는지는 몰라요. 아버지는 신께서 원하실 리 없는 게 무엇인지 아시나요? 정말요? 인간의 육체라면 많은 걸 아실지 몰라도 신의 영역에 대해, 인간의 영혼에 대해서라면 아버지도……."

"지금 영혼이라고 했니? 내가 영혼에 대해 아무것도 모를 거라고 생각해?"

"아버지가 아는 건 아마도 알아서 좋을 게 없는 것들이겠죠."

"지금 날 비난하는 거냐?"

"아니요. 아버지를 비난하는 건 바로 아버지 자신이에요."

"여보, 당신도 들었지? 내 전에도 말하지 않았어?"

"엄마, 아버지가 무슨 말을 하셨는데요?"

"아무것도 아니다, 얘야. 아무것도 아니야. 괜한 의심과 추측이셔……."

"너는 날 구원하러 수녀원에 가겠다는 거지?"

호아킨은 결심을 단단히 한 사람처럼 외쳤다.

"진실에서 많이 벗어나진 않았네요."

"대체 날 무엇에서 구원하겠다는 거냐?"

"그건 몰라요."

"말해보아라…… 무엇에서, 누구에게서 구원하겠다는 건지."

"누구에게서요? 아버지, 누구에게서라고 하셨죠? 그건 악마와 아버지 자신에게서예요."

"아니 네가 뭘 안다고?"

"제발, 여보, 제발요……"

안토니아 목소리는 눈물로 범벅이 되어 있었다. 안토니아는 남편의 격앙된 목소리와 얼굴을 보고 두려움을 느꼈다.

"우리 둘만 있게 당신은 나가 있어. 이건 당신하고 관계없는 일이야!"

"어째서 나하고 관계가 없어요……? 내 딸 일인데……."

"내 딸이야! 이 아이의 성은 모네그로야. 나도 모네그로고. 우리 둘만 있게 나가줘. 당신은 이해 못해. 이 문제를 이해할 수 없어 당신은……."

"아버지, 제 앞에서 이런 식으로 자꾸 어머니를 대하시면 전 나가겠어요. 울지 마세요, 어머니."

"너도 그렇게 믿니, 내 딸아……?"

"제가 믿는 건 그리고 제가 아는 건, 전 어머니 딸인 만큼 아버지 딸이에요."

"내 딸인 만큼?"

"어쩌면 더요."
"그런 식으로 말하지 말거라, 제발."
어머니는 눈물을 흘리며 소리쳤다.
"자꾸 그러면 난 나가겠다."
"그러시는 게 좋겠어요."
딸이 대답했다.
"아버지와 단둘이 있으면 서로 얼굴을 더 잘 볼 수 있을 거예요. 어쩌면 서로 영혼까지도요. 우리는 모네그로 사람이니까요."
어머니는 딸에게 키스를 하고 나서 방을 떠났다.
"자 그럼."
아버지는 딸과 단둘이 남게 되자마자 차가운 목소리로 말했다.
"나를 무엇에서 또는 누구에게서 구원하기 위해 수녀원에 가겠다는 건지 다시 말해 봐라."
"누구에게서, 무엇에서 아버지를 구원해야 하는지는 몰라요. 다만 제가 아는 사실은 아버지는 구원받아야 한다는 거예요. 이 집 안에 그리고 아버지와 어머니 사이에 무엇이 잘못되었는지, 아버지에게 무슨 나쁜 일이 일어나고 있는지는 모르겠어요. 하지만 분명한 사실은 뭔가 잘못되고 있다는 거예요……."

"그 신부라는 작자가 너에게 그러던?"

"아니요, 그 신부라는 작자는 그런 말 한 적 없어요. 그런 말을 할 이유도 없구요. 아무도 제게 그런 말을 하지 않았어요. 그저 여기에 태어났을 때부터 그걸 호흡했을 뿐이에요. 이 집에서 사는 건 마치 정신적 암흑 속에서 사는 것 같아요."

"허튼소리 마라! 넌 지금 어느 책에서 읽은 내용을 말하는 거야!"

"아버지야말로 책에서 이런저런 것들을 읽으셨을 테죠. 정말 인체 내부를 다룬 책만이, 보기 흉한 삽화가 잔뜩 그려진 아버지 책만이 진실을 담고 있다고 생각하세요?"

"그럼 좋다. 네가 말한 정신적 암흑이란 건 뭐냐?"

"아버지가 저보다 더 잘 아실 텐데요. 어쨌든 이 집에서 무슨 일이 일어나고 있다는 걸 부정하진 마세요. 슬픔이 검은 구름처럼 우리 가족을 위협하며 집 안 곳곳에 스며들고 있어요. 아버지는 마치 등에 무거운 짐을 진 것처럼 괴로워하고 계시잖아요……."

"그래. 그게 바로 원죄라는 거다."

호아킨이 악의 있는 목소리로 말했다.

"네, 바로 그거예요. 하지만 아버진 아직 속죄하지 않으셨죠."

"나는 세례를 받았어……."

"그건 중요하지 않아요."

"그래서 이 모든 해결책으로 네 자신을 수녀원에 가두겠다는 거냐? 넌 그런 결심을 하기에 앞서 그 이유가 무엇이었는지부터 찾아야 했어……."

"하느님은 제가 아버지와 어머니를 심판하길 바라지 않으세요."

"하지만 내게 서슴없이 벌을 내리지 않았니?"

"벌을 내리다니요?"

"그래, 지금 내게 벌을 내리고 있잖니? 이런 식으로 떠나겠다는 것이 나를 벌하는 게 아니고 뭐냐……."

"그럼 남편을 따라 떠난다면요? 한 남자 때문에 아버지 곁을 떠난다면요……."

"그것도 남자 나름이겠지."

둘 사이에 짧은 침묵이 흘렀다. 먼저 입을 연 쪽은 호아킨이었다.

"내 딸아, 실은 나는 온전한 사람이 못 된다. 나는 고통 받고 있어. 살아온 내내 고통을 받았다. 그 이유는 네가 추측한 대로라고 해도 틀리지 않아. 하지만 수녀가 되겠다는 네 결정은 정말 받아들이기 힘들구나. 네가 간다면 내 고통은 더욱 심해져서 끝내 날 죽이고 말 거야. 이 아비에게, 이다지도 괴로운 심정인 이 아비에게 동정을 베풀어다오……."

 "제 결심은 동정에서 비롯된 거예요……."

 "천만에. 그건 이기주의다. 너는 내게서 달아나고 있어. 내가 괴로워하는 걸 보고 달아나려는 거야. 네가 수녀원으로 가려는 건 자기만 아는 까닭에 그래. 무관심이고, 무정이야. 내가 오랫동안 전염병을 앓는다면, 그래 나병을 앓는다면, 그래도 수녀원에 가겠다고 할 참이냐? 가서 신께 날 치료해 달라고 기도라도 드리려고……? 어서 대답해. 그래도 날 떠날 건지."

 "아니요. 떠나지 않겠어요. 전 아버지의 무남독녀 외동딸이니까요."

 "그래, 이 아비가 나환자라고 생각하렴. 이 집에 남아 날 치료해주려무나. 나를 돌봐다오. 아비는 네가 하라는 대로 다 하겠다."

 "그렇다면 저도……."

 아버지는 자리에서 일어나 눈물이 가득 고인 눈으로 딸을 보더니 와락 껴안았다. 그러고는 두 팔로 딸을 붙잡고 귓가에 나직이 속삭였다.

"날 치료해줄 수 있겠니, 내 딸아?"

"네, 아빠."

"그럼 아벨린과 결혼하거라."

"네?"

소녀는 아버지에게서 떨어지며 그렇게 외쳤다. 그리고 그의 얼굴을 빤히 쳐다보았다.

"아니 왜 그렇게 놀라는 거냐?"

호아킨이 말을 더듬었다. 딸의 반응에 놀란 눈치였다.

"제가, 아벨린과 결혼을요? 아버지 원수의 아들하구요……?"

"누가 그런 말을 하던?"

"아버지의 오랜 침묵이 말해준걸요."

"그래, 그게 바로 이유다. 네가 내 원수라고 부른 그자의 아들이기 때문이다."

"아버지와 아저씨 사이에 무슨 사연이 있는지는 모르겠어요. 알고 싶지도 않구요. 하지만 요즘에…… 아저씨 아들에게 아버지가 애착을 느끼시는 걸 보고 정말 놀랐어요. 두렵기까지 했어요……. 뭐가 뭔지 모르겠어요. 제가 보기에 아벨린에 대한 아버지의 애정은 뒤틀려 있어요. 어쩐지 살벌함이 느껴져요."

"아니야, 그런 게 아니다. 나는 그 아이에게서 구원을 찾았단다. 내 말을 믿어주렴. 네가 아벨린을 이 집에 데려오기만 하면, 그 아이를 내 아들로 만들어주기만 하면, 그것은 내 영혼에서 마침내 태양이 떠오르는 일이 될 거야……."

"아버지는 제가 아벨린의 환심을 사길 바라세요? 절더러 아벨린을 유혹하라는 건가요?"

"그렇게 말하지는 않았다."

"그럼 뭐예요……?"

"만약 아벨린이……."

"아아, 이미 둘 사이에 계획된 일이었나요? 제게 한 마디 상의도 없이?"

"아니다, 얘야. 전부터 생각했던 건 아니야. 네 아비는, 이 가엾은 아비는……."

"아버지는 자꾸만 제 마음을 아프게 하세요."

"나도 마음이 아프긴 마찬가지란다. 이 모든 일에 책임도 느끼고 있다. 너는…… 날 위해 희생하겠다는 생각에 변함이 없는 거야?"

"네 그래요. 저는 아버지를 위해 제 자신을 희생하겠어요. 아버지가 원하시는 대로 하겠어요!"

아버지는 딸에게 다가가 키스를 하려고 했으나, 호아키나가 그에게서 떨어지며 말했다.

"안 돼요, 아직은! 지금은 때가 아니에요. 아니면 제가 키스로 아버지 입을 다물게 하길 원하세요?"
"얘야, 그 말을 어디서 들었냐?"
"벽에도 귀가 있다구요."
"그리고 혀도 있지!"

"아아, 제가 호아킨 선생님처럼 될 수 있다면 좋겠습니다요."
어느 날 상속권을 빼앗겼다는, 다섯 아이를 자식으로 둔 가난한 아라곤 사람이 호아킨에게 돈 몇 푼을 빌리고 나자 이렇게 말했다.
"내가 되고 싶다니요? 난 알아들을 수 없군요."
"네, 저는 선생님처럼 될 수만 있다면 무엇이든 바칠 겁니다."
"'무엇이든' 뭘 바치겠다는 건가요?"
"제가 바칠 수 있는 거라면 뭐든지요. 제가 가진 거라면 뭐든지요, 선생님."
"그래 그게 뭔데요?"
"제 목숨이요!"

"내가 되기 위해 목숨을 바치겠다구요?"

호아킨은 속으로 이렇게 생각했다.

'나도 다른 누가 될 수 있다면 기꺼이 내 목숨을 내놓겠어.'

"네, 선생님처럼 될 수만 있다면 제 목숨은 하나도 안 아깝습니다."

"잘 이해가 안 가는군요. 다른 누군가가 되기 위해 목숨까지 포기할 수 있다는 게 도무지 이해가 가지 않아요. 다른 사람이 되려면 자기 자신이 되는 것을 포기해야 하는데도요? 지금 이 자리에 있는 자기 자신을 포기하는 일인데도 말입니까?"

"네, 물론이지요."

"생존 자체를 포기하는 일인데도요?"

"그렇습니다요."

"그 사람이 될 수 있다는 보장도 없는데요……?"

"네, 그래도 좋습니다. 제가 말씀드리고 싶은 건, 선생님, 이 비참한 삶의 끈을 놓을 수 없게 만드는 제 자식새끼들이, 자살을 망설이게 만드는 제 자식새끼들이 선생님 같은 아버지를 만나기만 한다면, 저는 당장이라도 기쁜 마음으로 제 머리에 총을 쏘거나 강에 몸을 던져서 제 목숨을 끊을 거라는 겁니다. 이제 제 말이 이해가 가시나요?"

"네, 그렇긴 합니다. 그러니까……."

"……제가 삶에 느끼는 애착은 비참하기 짝이 없습니다요! 가족만 없었다면 제 자신으로 살아가는 걸 포기해서 제 옛 기억을 깡그리 지워버렸을 겁니다. 그러면 정말 좋겠습니다요. 하지만 저를 붙잡는 게 하나 더 있습죠."

"그게 뭐죠?"

"그건 제 기억과 과거지사가 죽음 너머까지 절 따라올지 모른다는 두려움입니다. 아아, 선생님처럼 될 수만 있다면 원이 없겠네요!"

"나도 나 자신만의 이유로 삶을 어렵게 이어나는지도 모르잖소."

"그럴 리가요. 선생님은 부자시잖아요."

"부자…… 부자라……."

"부자이신데 무슨 불평할 거리가 있겠습니까? 선생님께선 부족한 게 없으시잖아요. 사모님과 따님이 계시고, 환자를 잘 치료하시고, 또 명성도 쌓으셨고…… 더 바랄 게 없으시잖습니까? 선생님은 아버지한테서 상속권을 빼앗기지도 않았고, 동생에게 구걸하러 갔다가 내쫓긴 적도 없으시잖아요. 그리고 거지가 되실 리도 만무하구요! 아아, 선생님, 전 선생님처럼 될 수 있다면 여한이 없겠습니다요!"

호아킨은 혼자 있을 때 이렇게 생각했다.
'내가 되고 싶다고? 그 사람은 정말 날 부러워하고 있어. 나를 부러워하다니! 그럼 나는, 나는 누가 되고 싶은 거지?'

 며칠 뒤 아벨린과 호아키나는 약혼했다. 호아킨은 딸에게 바치는 「고백」에 이렇게 썼다.

 내 딸아, 내가 너의 남편이 될 아벨린을 어떤 식으로 구슬려 너에게 청혼하도록 만들었는지 설명하기가 망설여진다. 나는 아벨린에게 네가 그를 연모하고 있다는 생각을 갖게 해야 했다. 적어도 아벨린이 너와 사랑에 빠지기를 원했다. 네가 나를 위해 수녀원에 가겠다는 말을 네 어머니에게서 들었을 때 너와 나눴던 대화는 한 마디도 입 밖에 꺼내지 않은 채, 나는 이 계획을 진행했다. 나는 이 결혼에서 나의 구원을 보았다. 오로지 너의 운명이 어린 아벨, 내 삶의 근원을 망가뜨렸던 아벨의 아들인 아벨린의 운명과 결합함으로써, 오로지 이 두 혈통이 결합함으로써, 내 영혼은 구원받을 길이 열린 것이다.

그러나 어쩌면 네 자식들이, 내 손자들이, 아벨 손자들이, 우리 피를 이어받을 미래의 자식들이 언젠가 그들끼리 싸우게 되지 않을까 하는 생각에 미쳤다. 서로 미워하는 마음을 품고 태어나지 않을까 하고 말이다. 그러나 또 이런 생각도 들었다. 피를 나눈 형제끼리 미워하는 마음이야말로 다른 사람을 향한 증오심을 꺾을 수 있는 유일한 해결책이 아닐까? 성서에 따르면 에서와 야곱은 이미 레베카의 자궁 속에서 서로 싸우고 있었다. 언젠가 너도 쌍둥이를 낳을지 모르는 일이다. 한 명은 내 피를 이어받고, 다른 한 명은 아벨의 피를 이어받아 태어나기도 전에, 의식을 갖기도 전에 너의 자궁 속에서 서로 증오하며 싸우게 될지도 모른다. 이것이 인간의 비극이다. 욥˙처럼 모든 인간은 모순의 소산이 아니더냐.

내가 너희 둘을 맺어준 일이 두 혈통의 결합을 위해서가 아니라 두 혈통을 더욱 분리시켜 마침내 증오를 영원불멸

---

*욥_ 구약성서 〈욥기〉의 주인공으로, 가혹한 고난을 참아내며 신앙을 지켜낸 인물. 옮긴이.

하게 만들기 위해서가 아닌가 하는 생각을 하면 오싹한 기분이 든다. 나를 용서해다오……! 내가 이제 헛소리까지 하는구나.

그러나 다만 내 피와 아벨의 피만이 섞이는 것은 아니다. 헬레나의 피도 있다……. 헬레나의 피! 내 마음을 가장 크게 휘저어 놓았던 인물이다. 뺨에서, 이마에서, 입술에서 피어오르는 피, 눈빛을 번득이게 하는 피, 피부 조직을 통해 내 눈을 멀게 했던 피가!

그리고 또 다른 피는…… 안토니아의 피다. 불행한 안토니아, 네 거룩한 어머니의 피다. 이 피는 세례수와도 같다. 바로 구원의 피다. 오직 네 어머니의 피만이, 호아키나, 네 자식들을, 우리 손자들을 구원할 수 있다. 우리를 구원할 수 있는 것은 바로 이 순결한 피다.

안토니아는 이 일기를 보아서는 안 된다. 무슨 일이 있어도 보게 해선 안 된다. 나보다 오래 살거든 안토니아가 이 세상을 떠날 때까지 우리의 비밀을, 우리의 결탁을 알게 해선 안 된다.

약혼한 사이인 두 젊은 남녀는 빠르게 서로 이해하기 시작하면서 상대를 차츰차츰 깊이 알아갔다. 그 결과 둘 사이에 참된 애정이 자라났다. 그들은 각자 자신의 가정과 불운한 상황의 희생자였음을 깨달았다. 한쪽은 경박하지만 무정하고, 다른 한쪽은 격정적이지만 무겁게 가라앉아 있었다. 두 사람 다 안토니아에게서 안식을 찾았다. 그들은 자신들만의 가정을 꾸리겠다는 의욕이 가득했다. 평온하고 자주적인 사랑의 기운이 충만한 그런 가정을 말이다. 그들의 사랑은 모두 포용하게 될 것이고, 다른 곳에 눈길을 돌리거나 다른 사랑을 몰래 훔쳐볼 필요가 없는 것이리라. 그들은 그들만의 성을 쌓을 필요를 느꼈다. 이로써 그들의 사랑이 불행한 두 가정을 결합하는 일이 되리라. 그들로 말미암아 화가 아벨은 가정의 화목한 삶이야말로 불멸하는 현실이며 그림은 단순히 그 현실의 멋진 반영일 뿐이라는 점을 깨닫게 되리라. 헬레나는 영원한 젊음이란 한 집안의 대代가 생동감 있게 이어지는 과정에서 그 속에 영원히 잠기게 되는 영혼의 일부라는 점을 알게 되리라. 호아킨은 우리의 이름과 정체성이 우리의 피와 더불어 사라진다 해도 그것을 바탕으로 새 이름과 새 피가 창조될 것이라는 점을 깨닫게 되리라.

다만 안토니아는 어떤 것도 깨달을 필요가 없었다. 왜냐하면 그녀는 관습이 부여하는 안락함을 향유하며 살기 위해 태어난 여자였기 때문이다.

호아킨은 실제로 다시 태어난 듯한 느낌이었다. 오랜 친구인 아벨에 대해 진심 어린 애정을 담아 이야기했고, 심지어 지난날에 아벨이 끼어들어서 헬레나를 포기해야 했던 일을 뜻하지 않은 행운이었다고도 고백했다.

호아킨은 딸과 단둘이 있을 때 이렇게 말했다.

"이렇게 처지가 바뀌고 더구나 좋은 방향으로 흘러가고 있으니, 이제 네게 솔직히 털어놓을 때도 된 것 같구나. 나는 한때 헬레나를 사랑했다. 어쩌면 그랬었다고 생각하는 건지도 모르겠다. 그때 여러 번 구애도 해보았지만 번번이 거절당했어. 사실 헬레나는 내가 희망을 가질 만한 일말의 여지도 남기지 않았지. 그때 아벨을 헬레나에게 소개해주었어. 바로 네 시아버지가 될 분이란다. 둘은 만나자마자 급속도로 가까워졌지. 나는 그 모든 걸 나에 대한 모독과 무례로 받아들였다……. 하지만 내가 그녀에 대해 무슨 권리를 주장할 수 있었겠니?"

"그건 그래요. 하지만 남자들이란 원하는 게 있을 때 원래 그런 법 아니겠어요."

"그래, 네 말이 맞다. 나는 미치광이처럼 살았어. 그 둘이 나를 모욕하고 배신했다는 생각을 지우지 못하면서……."

"그게 다예요, 아버지?"

"그게 다냐니?"

"제게 털어놓고 싶으신 게 그게 다예요? 더는 없어요?"

"내가 알기로는…… 더는 없다!"

그러나 호아킨은 그렇게 말하며 눈을 감았다. 마음의 흔들림을 다스릴 수 없었다. 이내 그가 다시 입을 열었다.

"이제 너희가 결혼하면 나와 같이 살게 될 거야. 그래 나와 같이 살게 될 거다. 나는 네 남편을, 내 새 아들이 될 네 남편을 위대한 의사로 만들 거야. 의술을 행하는 예술가로, 적어도 자기 아버지의 명성에 버금갈 완벽한 예술가로 만들 거다."

"그이는 아버지 책을 집필할 거라고 했어요."

"그래, 내가 감히 엄두를 못 내었던 일을 네 남편이 하게 될 거야……."

"아버지 업적은 가히 천재적이라고 하던데요. 의술을 개발하고 과학적 발견을 이뤄내……."

"내가 듣기 좋으라고 하는 소리일 게야……."

"제게만 한 말이었어요. 아버지는 아버지가 이룬 업적에 걸맞지 않게 과소평가받고 있다고 하던걸요. 그래서 아버지 업적이 잘 알려지도록 책을 쓰는 일에 의욕을 보이고 있어요."

"이미 때가 늦었어……."

"운만 따른다면 지금도 아직 늦지 않았어요."

"아아, 얘야, 내가 환자 받는 일에, 한숨도 돌릴 수 없고 책 한 권 들여다볼 여유를 주지 않는 이 지긋지긋한 병원 일에 파묻혀 지내는 대신, 의학 연구에 힘썼다면 알바레스 가르시아 박사에게 영광을 얻게 한 그 발견이야말로 내 차지가 되었을 거야. 나도 그것을 발견하기 직전에 있었으니까. 하지만 돈을 버는 일에 매인 몸이라……."

"우리가 궁핍하게 사는 것도 아닌데, 굳이 돈을 벌지 않아도 되잖아요."

"그렇긴 하다만……. 나도 모르겠다. 어쨌든 이미 지난 과거야. 우리에게는 새 삶이 기다리고 있잖니? 이제 나도 병원 일을 그만두어야겠다."

"정말로요? 진심이세요?"

"그래, 내 일을 네 미래의 남편에게 맡길까 해. 난 그저 일이 잘되고 있는지만 지켜볼 거야. 옆에서 도움은 주겠지만, 나는 나대로 내 일에 전념해볼 생각이지. 우리는 함께 살게 될 거야. 그리고 또 다른 삶을 살게 될 거다. 나는 새 삶을 시작할 거야. 다른 사람이 될 거다. 완전히 다른 사람이……."

"말만 들어도 기쁘기 그지없어요, 아버지. 드디어!"

"내가 다른 사람이 되겠다는 게 그렇게 기쁘니?"

호아킨의 딸은 그 질문의 숨은 뜻을 알아채고 아버지를 진지하게 바라보았다."
"내가 다른 사람이 되겠다는 게 그렇게도 기쁘단 말이지?"
아버지는 딸에게 다시 물었다.
"그럼요, 아버지, 기쁘고말고요!"
"그럼, 다른 사람이 아닌 지금의 나는 네가 보기에 불행한 것 같으냐?"
"그럼 아버지는 어떠세요?"
이번에는 호아키나가 결연한 목소리로 되물었다.
"아, 내가 더는 말하지 못하게 해다오."
호아킨이 외쳤다.
그의 딸은 자기 입술로 아버지 입을 막았다.

"내가 왜 왔는지는 자네도 이미 잘 알 거야."

아벨은 호아킨 사무실에서 그와 단둘이 남게 되자 이렇게 말문을 열었다.

"그래 알아. 자네 아들이 귀띔해주더군."

"내 아들이자 곧 자네 아들도 되지 않겠나. 이 때문에 내가 얼마나 기쁜지 자넨 모를 거야. 이렇게 우리 우정이 하나의 결실을 맺었군. 내 아들은 이제 자네 아들이나 진배없어. 아벨린은 이미 자네를 선생뿐 아니라 아버지로서도 사랑하고 있다네. 나보다 더 자네를 사랑한다는 걸 인정해야겠군……."

"아니, 아니야, 그런 말이 어딨나."

"그게 뭐 어떻다고? 내가 어쩌면 질투라도 할 줄 알았나?

나는 질투나 하는 그런 위인이 아니야. 호아킨, 예전에 자네와 나 사이를 가로막는 무언가가 있었다면……."

"부탁이네, 아벨, 더는 그런 얘기는……."

"아니 해야겠어. 우리 두 가문이 결합되어 내 아들이 자네 아들이 되고 자네 딸이 내 딸이 되는 마당에 서운했던 일이 있으면 싹 다 풀어야지. 이제 우리 모두 솔직해지자구."

"난 할 말이 없어. 줄곧 그런 얘기 할 거면 나는 그만 일어나겠네."

"그래, 그래, 알았네. 어쨌든 그날 밤 만찬에서 자네가 내 작품에 대해 했던 말은 지금도 잊히지 않아."

"그 얘기도 하지 말아주게."

"그럼 무슨 얘기를 하자는 건가?"

"과거 이야기라면 아무 말도 하고 싶지 않아. 앞날의 일만 얘기하자구……."

"음, 자네나 나나 우리 같은 나이에 옛날 얘기를 빼면 달리 할 얘기가 뭐가 있다고 그러나. 이제 우리에게 남은 건 옛 추억뿐이 더 있는가?"

"그런 말 말래도."

호아킨은 거의 소리칠 뻔했다.

"우리에게 추억이 없으면 우리가 무슨 낙으로 살겠어?"

"아벨, 제발 그만해."

"솔직히 말하자면, 희망보다 추억으로 사는 편이 낫지. 추억은 어디까지나 이미 있었던 사실을 바탕으로 하지만, 희망은…… 희망은 정말 있기나 하는지도 알 수 없는 것이고."

"그래도 옛날 얘기는 듣고 싶지 않아."

호아킨은 단호했다.

"그럼 우리 아이들 얘기나 하지. 간단히 말해 우리의 희망에 대해서."

"그래 좋아. 우리 얘긴 그만하고 아이들 이야기나 하세……."

"내 아들은 자네 제자이자 이제 아들이 되겠군……."

"어쨌든 나는 내 일을 아벨린에게 물려줄 생각이네. 적어도 새로운 의사를 받아들일 마음이 있는 환자들과 이미 대처해놓은 환자들을 앞으로 아벨린이 맡게 될 거야. 급성 환자의 경우는 내가 옆에서 돕겠지만."

"그래 준다니 기쁘군. 고맙네, 고마워."

"호아키나에게는 지참금도 줄 생각이네. 하지만 둘은 나와 살게 될 거야."

"그건 아들한테 벌써 들어서 알고 있지만, 내 생각에는 분가를 시키는 게 더 낫지 않을까 싶어. 두 가구가 살기에는 집이 크지 않으니."

"안 돼. 난 딸과 떨어져 살 수 없어."

"그럼 우리는 우리 아들과 떨어져 살 수 있다고 생각하나?"

"자넨 이미 그 아이와 떨어져 살잖나……. 남자는 집에 거의 붙어 있지 않지만, 여자는 집밖을 나가는 법이 거의 없지. 나는 내 딸이 필요해."

"그럼 그렇게 하게……. 흔쾌히 자네 뜻에 따르지."

"이 집은 자네 집도 되는 거야. 그리고 헬레나의……."

"그렇게 생각해주니 고맙군. 그럼 이 문제는 이렇게 매듭짓도록 하지."

그들은 오랫동안 두 아이의 결혼과 관련한 모든 일에 서로 의견을 나누고 합의를 보았다. 아벨은 자리에서 일어나며 호아킨에게 진심 어린 악수를 청했다. 그리고 친구의 두 눈을 바라보며, 가슴 깊은 곳에서 울리는 목소리로 외쳤다.

"호아킨!"

그와 악수를 하는 호아킨 눈에서 눈물이 흘렀다.

오랜 침묵 후 아벨이 입을 열었다.

"어렸을 때 이후로 자네가 우는 모습은 처음이군, 호아킨."

"우리는 그때로 다시 돌아갈 수 없어, 아벨."

"그래, 그거야말로 가장 끔찍한 일이지."

두 사람은 헤어졌다.

31

 딸이 결혼하고 나서, 해가, 비록 가을 해이긴 하지만, 차갑게 얼어붙었던 호아킨 집을 따뜻하게 녹여주는 듯했다. 호아킨 삶도 예전과 달리 활기를 띠었다. 이제 사위가 호아킨의 환자들을 맡아 돌보기 시작했다. 환자 상태가 위중한 경우에만 호아킨이 옆에서 조언을 해주었다. 그러나 호아킨은 자기가 모든 일의 자문을 맡고 있다는 점을 두루 알렸다.

 아벨의 아들, 아벨린은 장인어른(그는 이제 호아킨을 아버지라고 불렀고, 대화할 때는 친근한 호칭을 썼다)에게서 건네받은 메모와 장인어른이 말로써 설명한 지식과 노하우를 모두 동원해 호아킨 모네그로의 의학적 성과를 집대성하는 책을 엮기 시작했다. 그 젊은이는 호아킨 자신도 가져

보지 못한 열정과 열의로 그 작업에 임했다.

'내가 직접 쓰는 것보다 이편이 더 나아. 플라톤도 스승 소크라테스를 위해 글을 썼잖아.'

호아킨은 그렇게 생각했다.

호아킨은 후세의 박수갈채를 받는 허황된 꿈을 좇으며 우쭐거리지 않고 자신이 쌓아올린 지식과 기술을 그저 양심적으로 성실히 기록할 위인이 못 되었다. 그는 집필 욕구를 다른 목적을 위해 뒤로 미뤄두었다.

호아킨이 진지한 회고록인 「고백」을 쓰기 시작한 것도 바로 이 무렵이었다. 그 글은 그의 삶을 잠식한 번뇌와의 투쟁을, 처음으로 마음이 동요되었던 순간부터 현재에 이르기까지 그를 휘어잡았던 악마와의 투쟁을 담은 사적인 기록물이었다. 호아킨은 사후에 딸이 자기의 치열한 노력을 알 수 있도록 글을 썼다. 물론 자신의 딸을 마음속에 두고 쓴 글이었으나, 망상으로 가득한 자신의 지독히도 비극적인 삶에 지나치게 마음을 빼앗기고 그 이야기에 몹시도 빠져든 나머지, 호아킨은 자기 딸이나 손자들이 언젠가 그 기록물을 세상에 드러낼지도 모른다는 기대감을 가졌다. 그리하여 세상 사람들은 고통의 심연을 아무에게도 보이지 않고 세상을 살다가 떠난 비참한 주인공한테서 경탄과 공포를 동시에 느끼게 될 것이라고 말이다. 사실 호아킨은 자기 자신을 남들과 다른 특별한 영혼이라고 생각했다. 가령 다른 누구보다 더 큰 고통을 받고 더 상처 입기 쉬운 영혼이며, 위대한 운명을 타고났기에 신이 징표를 남긴 영혼이라고 말이다.

호아킨은 「고백」에 이렇게 썼다.

사랑하는 딸아, 내 인생은 오랫동안 번뇌 그 자체였다. 그러나 나는 내 인생을 다르게 바꾸지는 못했을 것이다. 나는 세상 사람들의 편애가 얼마나 지독히도 부당한 것인지를 누구보다 뼈저리게 느꼈기 때문에 누구보다 더 큰 증오심을 품었다. 네 남편의 부모가 내게 했던 짓은 결코 인간적이지 않거니와 고상함과도 거리가 멀었다. 두 사람이 한 짓은 파렴치한 것이었다. 그러나 더 끔찍한 것은, 아니 훨씬 더 끔찍한 것은 사람들을 믿었던 어린 시절부터 내가 사랑과 지지를 기대했던 사람들이 내게 저지른 짓이었다. 그들은 왜 나를 거부했을까? 왜 경박하고 변덕스러운 이기주의자를 더 좋아했을까? 그들로 말미암아 내 삶은 더욱 비참해졌다. 그리고 나는 깨달았다. 세상은 원래 부당하고, 나는 보통 사람들과 다른 존재였음을 말이다. 내가 보통 사람들과 다르게 태어났다는 것이 나의 큰 불행이었다. 나를 둘러싼 존재들의 야비함과 흔해빠진 비열함이 나를 나락으로 떨어뜨렸다.

호아킨은 「고백」을 쓰는 한편 그 첫 번째 기록이 빛을 보지 못할 것에 대비해 또 다른 집필을 시도했다. 국가적인 존경과 사랑을 받은 위인들의 묘와 기념비가 안치된 판테온에 자신도 입성하게 해줄, 그런 작품을 쓸 생각이었다. 두 번째 작품은 <어느 의사의 회고록>이라는 제목이 붙여졌다. 그 글은 세상의 지식, 욕망, 인생, 기쁨과 슬픔, 심지어 은밀한 범죄에 관한 보고서가 되리라. 즉, 의료업에 종사한 지난 몇 십 년 동안 보고 듣고 느끼고 경험한 것들을 총망라하는 보고서가 될 것이다. 그 글은 삶을 비추는 거울이 되리라. 삶의 은밀한 내부를, 가장 어두운 구석까지도 비출 것이다. 인간의 비열한 속마음을 파고들 것이다. 호아킨은 자기 자신에 대해 논하지 않으면서 자기 영혼을 그 책에 바칠 생각이었다. 다른 이들의 영혼을 발가벗기기 위해 자기 영혼을 발가벗기리라. 그가 어쩔 수 없이 살아가야 하는 이 비열한 세상에 복수를 해줄 참이었다. 그리하여 사람들이 발가벗은 그들 자신을 발견할 때, 처음에는 놀라겠지만 마침내 자기들을 발가벗긴 작가에게 경의를 표하게 되리라. 호아킨은 또한 아벨과 헬레나의 완벽한 초상화를 그릴 것이다. 물론 그들의 이름은 허구를 가장한 이 실제 이야기에서 조금 바뀌게 되겠지만. 이들의 초상화는 시대를 초월하는 상징적 의미를 담게 되리라. 호아킨이 창조한 초상화는 아벨이 그린 초상화를 모두 합한 만큼의 가치가 있으리라. 아벨 산체스의 문학적 초상화를 그리는 데 성공한다면 아벨이 그림을 통해 이뤄낸 것보다 더 확고한 영원불멸의 생명을 그 대상에게 부여하게 되리라는 점을 호아킨은 만족스럽게 예감했다. 먼 미래에 평론가나 해설자들은 소설에 드리워진 얇은 베일을 벗겨내는 것만으로도 이 화가가 실제로 누구인지를 알게 되리라.

'그래, 아벨.'

호아킨은 속으로 말했다.

'네가 오랫동안 달성하고자 했던 최고의 영광은, 네가 이루기 위해 애썼던, 너의 유일한 관심사였고 나를 모욕하고 무시해서 얻고자 했던 그 영광은, 너에 대한 기억을 후세에 영원히 남기게 해줄 그 영광은 네 그림들과 함께 존재하지 않는다. 그 영광은 나와 함께 존재한다. 내가 펜으로 너의 진짜 모습을 그리는 데 성공하든 않든 그건 중요치 않아. 물론 나는 성공하리라. 나는 너란 인간을 잘 알고, 오랫동안 너를 견뎌왔고, 한평생 너에게 짓눌려 왔기 때문이야. 영원토록 너의 가면을 벗겨주겠다. 너는 더는 아벨 산체스가 되지 못할 것이다. 내가 네게 어떤 이름을 부여하든 그것이 네 이름이 될 것이다. 후세에 네가 너의 그림들을 그린 화가로 화제에 오를 때, 사람들은 이렇게 말하리라.

"아 그래, 호아킨 모네그로의 이야기에 등장하는 그 인물 말이지."

그 점에서 너는 내 창조물이 될 것이다. 내 작품이 살아 있는 한 너도 살게 되리라. 네 이름은 내 뒤에서 땅에 질질 끌려 다니리라. 내 구두 뒤축에 묻은 진흙처럼. 지옥편에 등장하는 이름들이 단테의 뒤에서 질질 끌려다니듯 말이다. 그리고 너는 남의 미움을 살 만한 인간의 전형이 되리라.'

미움을 살 만한 인간의 전형! 호아킨은 아벨이 이기주의자의 태연자약한 얼굴 이면에 어떤 열정을 품고 있든, 어떤 감정이 그를 동요시키든, 그것의 밑바탕에는 질투가 내재한다고 믿었다. 그것은 아벨 나름의 질투이며, 아벨이 어린 시절 친구들 사이에서 호아킨을 따돌린 것도, 그 후 헬레나를 호아킨으로부터 빼앗은 것도 모두 질투에서 비롯되었다는 게 호아킨의 생각이었다. 그러나 아벨은 왜 자기 아들이 호아킨에게 빼앗기는 걸 보고만 있었을까?

호아킨은 생각했다.

'그건 자기 아들보다 자기 명성에 관심이 더 컸기 때문이야. 자기 후손들보다 자기 그림을 찬미하는 사람들 속에서 살고 싶어했기 때문이야. 자기 이름과 같은 다른 누구와 경쟁하지 않고 더 큰 명성을 누리기 위해 아들을 내게 넘긴 거야. 하지만 내가 그의 가면을 벗기고 말겠어.'

호아킨은 <어느 의사의 회고록>을 집필하기 시작하면서 자기 나이에 민감해졌다. 왜냐하면 그도 이제 올해에 쉰다섯이 되었기 때문이다. 그러나 세르반테스도 57세 나이에 <돈키호테>를 쓰지 않았나? 호아킨은 자기보다 늦은 나이에 걸작을 쓴 다른 많은 작가들도 떠올렸다. 게다가 제 자신에 대해 생각하기를, 정신과 의지를 강하고 철저하게 다스릴 수 있고, 경험이 풍부하며 판단력이 성숙한데다, 깊이 있는 감정과, 시간이 흐를수록 더욱 빛을 내는 정열로 충만하며, 스스로 절제할 줄 알면서도 열정적이기도 하다고 자부했다.

호아킨은 이제 이 작품을 완성하기 위해 꾸준히 제 자신을 갈고닦을 것이다. 가엾은 아벨, 자기 앞에 어떤 운명이 기다리고 있는지 알기나 할까! 호아킨은 그 화가에게 경멸과 동시에 연민을 느끼기 시작했다. 그를 하나의 모델이자 희생자로 간주했다. 그를 주의 깊게 분석하고 관찰했다. 그러나 그럴 기회는 자주 있지 않았다. 아벨이 아들을 만나러 호아킨의 새 집을 방문하는 횟수가 부쩍 줄어들었기 때문이다.

어느 날 호아킨은 사위에게 말했다.

"네 아버지는 무척 바쁜가 보지. 집에 거의 들르지 않으니 말이다. 혹시 우리에게 뭐 섭섭한 거라도 있나 모르겠다. 우리가 네 아버지를 화나게 하기라도 한 거냐? 네 장모나 내 딸이, 아니면 내가? 만약 그렇다면 정말 유감이구나……."

"아니에요, 아버지(아벨린은 이제 장인어른을 그렇게 불렀다). 그런 게 아니에요. 아버지는 집에도 잘 계시지 않는데요. 아버지가 관심을 갖는 건 오로지 일뿐이라고 전에도 말씀드리지 않았나요? 그림을 그리는 일 말고는 딱히……."

"아니다, 아들아. 그렇게 과장하지 않아도 된다. 다른 무언가 있는 게 분명해."

"아니에요. 오직 그 이유 말고는 없어요."

호아킨은 같은 대답을 듣기 위해 같은 질문을 다시 했다.

그가 헬레나에게 물었다.

"어째서 아벨은 여기 오지 않는 거지?"

"그 양반은 어디서나 그래요!"

헬레나는 대답했다. 그러나 아벨과 달리 헬레나는 며느리 집을 자주 방문했다.

32

"어디 말해보렴."

어느 날 호아킨이 사위에게 에둘러 말하지 않고 바로 물었다.

"어째서 네 아버지는 네게 그림을 가르치지 않은 거냐? 또 네가 그림에 취미를 붙이도록 하지 않은 거지?"

"제가 좋아하지 않았어요."

"하지만 그걸로는 설명이 부족해. 아버지라면 마땅히 자기 아들이 그림을 하길 바랄 텐데……."

"오히려 아버지는 제가 그림에 관심을 보일 때마다 성가셔 하셨는걸요. 심지어 다른 아이들이 소묘다 초상화다 해서 정식으로 배우던 그림 공부도 아버지는 제게 시키지 않으셨어요."

"그거 참 이상하구나, 이상해. 한데······."

젊은 아벨은 장인어른 얼굴에 어린 표정과 냉혹하게 번득이는 눈빛을 보며 마음이 어지러웠다. 장인의 마음속에서 꿈틀거리는 무언가를, 그가 벗어나고 싶어하는 고통스러운 무언가를, 그의 속마음에 은밀히 숨어 독처럼 퍼지고 있는 무언가를 감지했기 때문이다.

호아킨 말에 쓰라린 침묵이 뒤를 이었다. 그 침묵을 호아킨이 깼다.

"나는 이해할 수 없구나. 왜 너를 화가로 키우고 싶어하지 않았는지······."

"아버지는 제가 당신과 똑같은 길을 걷는 걸 원하지 않으셨어요······."

또 다른 침묵이 흘렀다. 이번에도 침묵을 깬 쪽은 호아킨이었다. 그는 마치 모든 걸 작정하고 털어놓으려는 사람처럼 무척 유감스러운 얼굴이었다.

"이제야, 알겠군!"

젊은 아벨은 왜인지 모르겠지만 장인어른 말투에서 심상치 않음을 느끼며 몸을 떨었다.

"그럼 왜죠······?"

아벨린이 물었다.

"아니, 아니다."

호아킨은 생각에서 빠져나와 자기 안으로 움츠러들었다.

"어서 말씀해주세요."

젊은이는 마치 친구나 동료에게 대하듯 친근한 말투를 써가며 사정했다. 하지만 무슨 말을 듣게 될지 조금 두려웠다.

"말 안 할란다. 네가 나중에 입 밖으로 꺼내기라도 하면……."

"이런 식으로 입을 다무시는 게 더 나빠요. 그게 뭐든지 제게 말씀해주세요, 아버지. 저도 이미 대충은 짐작하고 있어요……."

"그게 뭔데……?"

호아킨은 사위를 날카롭게 응시하며 물었다.

"언젠가 제가 아버지를, 아버지 명성을 앞지르게 될까 봐 두려워서가 아닌가요……?"

"그래, 바로 그거다."

호아킨은 새된 목소리로 말을 이어갔다.

"바로 그거야. 네 아버지가 참을 수 없는 건 '아벨 산체스 2세' 혹은 '젊은 아벨 산체스'를 듣는 일일 게다. 그 훗날에 네가 그의 아들로 기억되기보다 그가 너의 아버지로 기억될 게 뻔하기 때문이야. 이런 비극은 한 가정 안에서도 수없이 벌어지지……. 아들이 아버지보다 뛰어나다거나……."

"그건 바로……."

젊은 아벨은 말을 맺지 못했다.

"그건 바로 질투다, 아들아, 전적으로 질투란다."

"아들을 질투하다니요……! 아버지가요?"

"그렇다. 그야말로 가장 자연스러운 질투지. 질투는 서로 모르는 사람들끼리 생기지 않는단다. 다른 나라에 살거나 다른 시대에 사는 사람을 질투하지는 않아. 이방인이나 외국인을 질투하지는 않지. 오로지 같은 마을에 사는 사람을 질투하게 된단다. 세대가 다른 사람보다 같은 세대인 사람을 질투하게 마련이지. 그중에서도 가장 위험한 질투는 형제들 사이에서 자란단다. 카인과 아벨 이야기를 봐도 알 수 있잖니……. 뭐니 뭐니 해도 가장 끔찍한 질투는 자기 형제가 제 아내를 탐한다고 의심할 때 생겨난단다……. 그리고 부자지간에도……."

"하지만 나이 차가 있잖아요."

"그건 중요하지 않아. 우리의 창조물이 정작 우리 자신을 가려버리는 경우는 수도 없이 많단다."

"그럼 사제 관계에서도요……?"

호아킨은 잠시 침묵했다. 한동안 바닥을 뚫어지게 내려다보더니 마침내 입을 열었다. 마치 발밑에 있는 땅을 향해 말하는 듯했다.

"결정적으로 질투는 가족 관계에서 생겨난다."
 그리고 이렇게 덧붙였다.
 "이제 다른 얘길 하자꾸나. 이 얘기는 못 들은 걸로 해두거라. 알겠니?"
 "아니요!"
 "아니라니?"
 "아버지가 방금 전 하신 말씀을 못 들었다구요."
 "우리 둘 다 못 들은 거다."

헬레나는 며느리 집에 뻔질나게 드나들었다. 기품이 부족한 이 부르주아 집안에 세련된 취향과 우아한 예절을 들여야겠다는 생각에서였다. 그녀가 보기에 터무니없이 오만하기만 한 아버지와, 한 번 여자에게서 버림받았던 남자와 참고 살아야 했던 불쌍한 어머니 밑에서 자란, 가엾은 호아키나가 받았을 교육의 결점을 바로잡을 필요를 느꼈기 때문이다. 그래서 날마다 호아키나에게 예의범절이며 고상한 취향에 대한 강의를 늘어놓았다.

"그렇게 하세요. 좋으실 대로요."

안토니아는 늘 그렇게 호의적이었다.

그러나 호아키나는 달랐다. 속에서는 불이 났지만, 애써 태연한 척할 뿐이었다. 그렇지만 언젠가는 따지고 말겠다는 생각을 했다. 시어머니에게 가진 반감을 가까스로 억눌렀던 것은 순전히 남편의 간청 때문이었다.

"좋으실 대로 하세요, 어머님."

호아키나는 결혼하고 나서는 쓰지 않았던 겉치레뿐인 호칭을 써가며 이렇게 말하기도 했다.

"하지만 전 이런 문제들을 잘 알아듣지 못하겠고, 또 저에겐 별로 중요하지도 않은걸요. 어머님께서는 좋으시겠지만요……."

"아가, 내가 좋아서 그러는 게 아니다. 다만 이 문제는……."

"따지고 보면 같은 얘기에요! 저는 여기 의사 집안에서 자랐어요. 위생과 건강이나, 나중에 아이가 태어나면 어떻게 키울지를, 전 뭘 어떻게 해야 하는지 잘 알고 있어요. 하지만 취향이다 세련이다 부르시는 그 기품이라면, 저는 예술가 집안에서 만들어진 분위기에 밑지고 들어갈 수밖에 없어요."

"아니 그렇게 부풀려서 받아들일 건 뭐니……."

"아니요. 전 부풀려서 받아들인 게 아니에요. 늘 저희에게 이건 이렇게 하면 안 되고 저건 저렇게 해야 한다며 하나하나 따지고 드셨잖아요. 어차피 저희는 이브닝 파티며 다과회 댄스파티도 열지 않는데두요."

"이렇게 냉소적인 척 구는 건 누구한테 배웠다니……. 그래,

넌 지금 그런 척하는 거야. 애써 냉소적인 척 말이야…….”

"그런 소릴 들을 만한 말은 한 적이 없는데두요, 어머님…….”

"너는 훌륭한 관례와 사회적 관습을 모두 경멸하는 척하고 있어. 이것들이 없다면 우리가 얼마나 큰 불편을 느낄지 생각은 해봤니……? 도저히 살 수가 없단다!”

호아키나의 아버지와 남편은 그녀에게 오랫동안 산책을 하며 햇볕도 쬐고 바람도 쐬라고 권했다. 그녀의 살과 피가 앞으로 태어날 아이의 살과 피를 이루게 되기 때문이다. 두 사람이 늘 동행할 수도 없고 안토니아가 집밖에 나가는 걸 좋아하지 않았기에 대개 헬레나가 호아키나의 산책에 따라나섰다. 시어머니는 이렇게 호아키나와 나란히 걸으며 산책하는 걸 좋아했다. 그럼 자신이 언니로 보이기 때문이었다. (그도 그럴 것이 그 둘의 관계를 모르는 사람들은 호아키나를 헬레나의 여동생쯤으로 생각했다.) 더구나 오랜 세월이 지나도 시들지 않는 그녀의 화려한 미모에 가려 호아키나가 볼품없어 보이는 걸 즐겼다. 헬레나 옆에 서면, 그녀의 며느리는 거의 눈에 띄지 않았다. 그들 옆을 지나가는 남자들은 언제나 헬레나에게만 추파를 흘렸다. 호아키나의 매력은 완전히 정반대였다. 보면 볼수록 은은한 매력이 풍기는 생김새였다. 하지만 헬레나는 남자들 눈을 홀려서 넋을 잃게 만들 만큼 화려하게 몸치장을 했다.

"나는 어머니 쪽을 택하겠어!"

어느 날 헬레나 옆을 지나가던 한 젊은 남자는 헬레나가 호아키나에게 "얘야."하고 한 말을 듣고는 그렇게 대놓고 수작을 걸기도 했다. 그 나이 많은 여인은 깊은 숨을 내쉬며 혀끝으로 입술을 적셨다.

"얘야."

헬레나가 호아키나에게 말했다.

"임신한 건 되도록 숨겨야 한다. 여자가 임신한 배를 드러내는 건 아주 점잖지 못한 행동이야. 몹시 뻔뻔하고 상스럽게 보여."

"전 되도록 가장 편안한 자세를 유지하려고 하는데요. 다른 사람들이 뭐라 생각하든 신경 안 써요······. 제 상태가 남들 눈길을 끌 만하다 해도 전혀 개의치 않아요. 다른 여자들이 임신한 동안 어땠는지는 아무래도 좋아요. 전혀 신경 쓰이지 않는걸요······."

"신경을 써야지 그게 무슨 소리니? 너 혼자만 사는 세상이 아니잖니."

"사람들이 안다고 해서 뭐가 달라지나요……? 혹시 어머님이 곧 할머니가 되는 걸 남들에게 알리고 싶지 않아서 그러시는 거예요?"

헬레나는 며느리의 빈정대는 말에 기분이 상했지만, 애써 태연한 척했다.

"그래도 나이로 따지자면……."

"네, 나이로 따지면, 다시 아이를 낳을 수도 있는 나이시죠."

호아키나는 헬레나의 급소를 찌르며 그렇게 말했다.

"그야 그렇지."

헬레나는 며느리의 느닷없는 공격에 적잖이 당황하고 놀란 눈치였다.

"한데 사람들이 널 자꾸 보게 될 텐데……."

"그 점에 대해서라면 안심하셔도 돼요. 사람들은 제가 아닌 어머님을 보는 거니까요. 어머님의 멋진 초상화를 아직도 기억하고 있을 거예요. 훌륭한 예술 작품인……."

"그래도 내가 너라면……."

시어머니 말을 호아키나가 가로챘다.

"제 경우라면요, 어머님? 그러니까 저처럼 임신을 해서 저와 동행하신다면 말이에요?"

"네가 자꾸 이런 식으로 나오면 집으로 그만 돌아가는 게 낫겠다. 다신 너와 외출하지 않겠어. 네 집에, 네 아버지 집에 출입하지도 않겠다…….”

"제 집이에요, 어머님, 제 집이요. 제 남편 집이고…… 시어머님 집이기도 하죠!"

"도대체 성질머리가 왜 그 모양이니?"

"성질머리요? 아, 물론 기질은 예술가들에게만 있는 거겠죠."

"아, 이 앙큼한 것을 봤나. 수녀가 되겠다고 난리를 피우더니, 기어코 네 아버지가 내 아들을 너와 엮어 놓고는……."

"다시 부탁드리는데, 시어머님, 그런 억지는 삼가주세요. 전 제가 어떻게 처신했는지 아주 잘 알고 있어요."

"내 아들도 그렇다."

"네, 그이도 자신이 한 일을 잘 알고 있어요. 그러니 다시 이 얘기는 꺼내지 마세요."

34

 마침내 젊은 아벨과 호아키나의 아들이, 아벨 산체스와 호아킨 모네그로의 피가 섞인 아기가 세상에 태어났다.
 이 아기에게 어떤 이름을 물려주어야 할지를 두고 처음부터 의견이 엇갈렸다. 아기 엄마는 아기가 호아킨으로 불리길 원했지만, 헬레나는 아벨로 불리길 원했다. 최종 결정은 아벨과 아벨린과 안토니아의 양보로 호아킨에게 넘어갔다. 모네그로의 영혼은 갈등했다. 갓 태어난 아기의 이름을 지어주는 간단한 일인데도, 마치 운명을 예견하는 주술적인 행위라도 하는 것처럼 느껴졌다. 이로써 새 영혼의 앞날이 결정될 것만 같았다.
 '아기 이름은 호아킨이어야 해. 내 이름과 같아야 해. 한

동안 호아킨 S. 모네그로라고 불리게 되겠지. 하지만 이윽고 S자는 빠지게 될 거야. 이 S는 아벨과 그 아들의 성姓인 산체스의 유일한 잔재야. 결국에는 그의 가문이 내 가문에 종속되고 말 거야……. 하지만 아벨 모네그로, 아벨 S. 모네그로라고 하는 게 더 좋지 않을까? 그럼 아벨이라는 이름은 구원받을 테니까. 아벨은 아기의 할아버지이기도 하지만 아버지이기도 하지. 내 아들이나 다름없는 나의 사위. 내가 창조한 나의 아벨. 그렇다면 손자가 아벨로 불린다고 해서 나쁠 건 없잖아? 훗날 아기의 할아버지가 아벨이 아니라 내가 회고록에서 부르게 될 이름으로 기억된다면 말이야. 그 이름이 무엇이 되든 내가 그의 이마에 낙인을 찍어줄 테니까……. 하지만 그때 다시…….'

호아킨이 망설이는 동안, 결정을 내린 사람은 화가 아벨 산체스였다.

"호아킨으로 짓자구. 할아버지, 아버지, 아들도 다 아벨이잖아. 셋이나 아벨이라구……. 지금도 너무 많아. 게다가 난 그 이름이 맘에 안 들어. 살해당한 자의 이름이잖아……."

"하지만 아들 이름도 아벨로 지어놓고선."

헬레나가 반박했다.

"그건 당신이 그렇게 하자고 한 거잖아. 굳이 반대할 필요도 없었고……. 하지만 우리 아들이 의사 대신 화가가 되겠다고 했어 봐……. 아벨 산체스 1세와 아벨 산체스 2세…….”

"아벨 산체스는 한 명으로 족하겠지.”

호아킨은 그렇게 끼어들며 자기 추측이 꼭 맞아떨어진 것에 흡족해했다.

"백 명이 있다 해도 나는 오로지 나 하나뿐이야.”

아벨이 대답했다.

"누가 그걸 의심한대?”

"자, 그럼, 호아킨으로 하자구. 이제 결정된 거야!”

"자넨 이 아기를 화가로 키우지 않겠지, 안 그런가?”

"물론 의사로도 키우지 않겠군.”

아벨은 뼈 있는 농담을 아무렇지 않게 받아넘기는 척하며 그렇게 말했다.

그래서 이 아기의 이름은 호아킨이 되었다.

갓난아이는 외할머니 안토니아가 맡아서 키웠다. 안토니아는 어떤 위험이나 속삭임에서 아기를 안전하게 지키려는 듯 가슴에 꼭 끌어안고는 이렇게 말했다.

"자려무나, 아가야, 어서 자려무나. 잠은 잘수록 더 좋단다. 이 집에서라면 깨어 있기보다 자는 게 더 좋단다. 튼튼하고 건강하게 자라다오. 네 안에서 맞서는 두 피가 서로 싸우지 않도록 신께 기도드리자꾸나. 너에게 무슨 일이 일어나겠느냐마는."

아이는 점점 자랐다. 외할아버지의 「고백」과 <회고록>의 페이지 수가 늘어가는 만큼, 친할아버지의 예술적 명성이 드높아지는 만큼 아이도 자랐다. 화가로서 아벨의 명성은 이

제 최고조에 달했다. 그 무렵 아벨은 자기 명성과 관계되지 않는 일은 무엇이든 그다지 관심을 보이지 않는 듯했다.

어느 날 아침, 아벨은 요람에서 자고 있는 손자를 보았다. 그 어느 때보다 강렬한 눈빛으로 한참을 내려다보더니 이렇게 외쳤다.

"아름다운 스케치가 탄생하겠는걸!"

그리고 노트를 꺼내 잠자는 아이의 모습을 연필로 스케치했다.

"이 스케치에 뭐라 이름 붙일 거지? '순진무구'라고 지을 텐가?"

호아킨이 물었다.

"으레히 그림에 제목을 붙이는 건 문학 하는 사람들이나 하는 짓이야. 의사가 고칠 수 없는 병에 이름을 붙이는 버릇처럼."

"의학의 실제 목적이 병을 고치는 거라고 누가 그러나?"

"그게 아니면 뭔가?"

"지식이지. 병에 대한 지식. 모든 학문의 목적은 지식이야."

"그 지식도 다 병을 치료하기 위한 게 아닌가? 우리가 악에서 벗어날 수 없다면 선악을 알게 해주는 열매를 맛본들 무슨 소용이냐 하는 걸세."

"그럼 예술의 목적은 뭔가? 자네가 우리 손자를 스케치한 목적은 뭐지?"

"그 자체가 목적이지. 바로 아름다움이 목적이야. 그걸로 충분하다네."

"그럼 아름다운 대상은 어느 쪽인가? 자네 스케치인가, 아니면 우리 손자인가?"

"둘 다지!"

"자네 그림이 우리 호아킨 2세보다 더 아름답다고 생각하는 거 아닌가?"

"또 조병躁病이 도졌군! 호아킨, 호아킨!"

그때 안토니아가 안으로 들어와 요람에 누워 있던 아이를 안고 밖으로 나갔다. 두 할아버지에게서 아이를 보호하기 위한 듯.

외할머니는 손자에게 속삭였다.

"귀여운 아가, 내 귀여운 아가야, 신의 어린 양아, 이 집의 태양아, 순진무구한 천사야, 할아버지들보고 널 가만 놔두라고 하여라. 너를 그리지도, 진단하지도 못하게 하여라! 그림의 모델도, 의사의 환자도 되지 말거라……. 저들끼리 그림을 그리고 과학을 하라고 해라. 너는 이 할미와 있자. 작고 귀여운 내 새끼. 너는 내 생명이고 우리의 생명이다. 이 집을 환하게 비춰주는 빛이다. 이 할미가 너의 두 할아버지를 위해 기도하는 법을 알려주마. 신께서 네 기도를 들어주실 거란다. 이 할미와 있자. 작고 귀여운 내 새끼야, 신의 어린 양아."

안토니아는 아이를 그린 아벨의 스케치를 보려고도, 보고 싶어하지도 않았다.

36

 호아킨은 손자 호아키니토의 육체와 영혼이 성장하는 과정을 병적일 만큼 노심초사하며 지켜보았다. 과연 누구를 닮았을까? 누구의 피를 이어받았을까? 아이가 옹알이를 하기 시작하자, 호아킨은 더 초조한 심정으로 아이의 행동 하나하나를 예의 주시했다.
 손자가 태어나고 나서 아벨이 호아킨의 집이자 아들의 집에 머무는 시간이 더 길어지자, 호아킨의 마음은 불안했다. 호아킨이 보기에 놀랍게도 그 화가는 심지어 손자를 자기 집으로 자주 데려가기까지 했다. 그 지독한 이기주의자— 아들 아벨린과 그의 장인은 그를 그렇게 생각했다— 는 갓난아이 앞에만 있으면 지극히 다정다감하게 변하는 듯했다. 심지어 자신도 아이가 되는 것 같았다.

아벨은 곧 아이에게 여러 그림을 그려주었고, 아이도 차츰 할아버지가 그려주는 그림을 무척 좋아하게 되었다.

"할아버지, 천사를 그려주세요!"

아벨은 전혀 피곤한 기색 없이 아이를 위해 개나 고양이, 말, 황소, 사람 등을 그려주었다. 아이는 말에 탄 사람을 그려 달라거나, 권투하는 소년들 또는 개에게 쫓기며 도망치는 소년을 그려 달라거나, 전에 그렸던 그림들을 다시 그려 달라고도 졸랐다.

어느 날 아벨이 말했다.

"뭘 하면서 내 평생 이렇게 행복했던 적도 없네. 이거야말로 순수한 기쁨이지. 다른 건 다 시시하게 보인다니까."

"아이에게 그려준 그림들로 선집이라도 내지 그래."

"아니. 그런 건 매력이 없어. 더구나 아이들을 위한 거라니 싫으이……. 그건 예술이 아니지. 그건……."

"교육학이겠지."

호아킨이 말을 가로챘다.

"어쨌든, 그게 뭐든 간에 예술이 아니라는 건 분명해. 이거야말로 예술이 아니고 뭔가. 우리 손자가 삼십 분 만에 찢어버릴 이 그림들이 바로 예술이지."

"내가 이 그림들을 보관해둔다면?"

"보관을? 뭐하러?"

"이렇게 그린 그림들을 최근에 선집으로 출간해 더 큰 명성을 얻은 화가의 이야기를 들었거든."

"나는 출간하려고 그리는 게 아니야. 이해하겠나? 명성에 관해서라면, 그건 자네의 지대한 관심사 아닌가. 나는 명성 따위야 아무래도 상관없어."

"위선자 같으니! 자네가 관심을 갖는 거라곤 오직 그것뿐이면서……."

"오직? 지금 날 비난하는 건가? 지금 내가 관심을 갖는 건 이 아이뿐이네. 이 아이는 커서 위대한 화가가 될지도 모르지."

"자네 재능을 물려받았을지 모른다는 건가?"

"그야 자네 재능도지."

아이는 두 할아버지의 대립을 은연중에 목격했다. 비록 이해할 수는 없었지만, 서로 대하는 태도에서 심상치 않은 무언가를 짐작할 수 있었다.

하루는 아벨 아들이 호아킨에게 물었다.

"아버지가 무슨 까닭으로 손자에게 그렇게 정을 쏟는 걸까요? 제게는 조금도 관심을 보이지 않던 분이. 어렸을 때 기억으로는 아버지가 제게 뭘 그려주신 적이 한 번도 없었어요."

"늙으면 다 그렇게 된단다. 나이가 많은 걸 깨닫게 해주지."
호아킨이 대답했다.
"며칠 전에는 아이가 무슨 질문을 한 모양인데, 억지로 눈물을 참고 계시더라구요. 아버지가 우시는 건 그날 처음 봤어요."
"아아, 그건 심장병 증세란다."
"네?"
"사실 네 아버지는 오랜 세월 그림을 그리고 예술적 영감을 떠올리느라 게다가 감정에 겨워 그동안 많이 지치셨다. 간단히 말해서 심장이 몹시 약해지셨어. 언젠가는……."
"언젠가라니요?"
"언젠가 네 아버지가 너에게, 아니 우리 모두에게 큰 충격을 주는 날이 올 거야……. 이렇게 말할 기회가 와서 다행이구나. 네 어머니에게도 마음 준비를 시키는 게 좋겠다."
"아버지도 피곤함이나 숨가쁨을 호소하셨어요……. 그럼 정말……?"
"그래 맞다. 네 아버지는 네가 모르게 나한테 검진을 받아왔어. 검진한 결과, 건강에 적신호가 온 게 확실해."
날씨가 서늘해지자 아벨은 내내 집안에만 머물렀고, 대신 손자를 자기 집에 불러들였다. 그래서 손자의 외할아버지는 하루 종일 비참함을 느껴야 했다.

호아킨은 마침내 불만을 터뜨렸다.

"아벨이 아이를 망치고 있어. 아이의 사랑을 훔치려고 한단 말이야. 아이의 사랑을 독차지하려는 건 자기 아들을 나에게 빼앗겼던 일에 보상받으려는 거야. 그래, 지금 나한테 복수, 복수를 하고 있는 거야. 내 마지막 위안을 내게서 빼앗으려 하다니. 그놈은 늘 그랬어. 어렸을 때도 내게서 친구들을 빼앗더니."

한편, 아벨은 손자에게 다른 할아버지도 똑같이 사랑해주라고 말하고 있었다.

"난 할아버지가 더 좋은걸."

어느 날 호아키니토는 아벨에게 말했다.

"그럼 못써요. 이 할아비를 더 사랑하면 안 된단다. 모두 똑같이 사랑해야지. 먼저 어머니와 아버지를 사랑하고, 그다음 할아버지들을, 그리고 똑같이 사랑해야 한단다. 호아킨 할아버지는 참 좋은 분이셔. 너를 아주 많이 사랑하시잖니. 장난감도 사주시고……."

"할아버지도 많이 사주잖아……."

"호아킨 할아버지는 네게 이야기도 들려주시잖니……."

"난 할아버지 그림이 더 좋아. 할아버지, 지금 황소하고 말에 탄 투우사를 그려주시면 안 돼요?"

어느 날 호아킨이 아벨을 만나러 왔다.
"이봐, 아벨."
호아킨은 아벨과 단둘이 남자마자 자못 엄숙한 목소리로 말했다.
"자네에게 중대한 문제를 말하러 왔네. 몹시 중대한 문제야. 생사가 걸린 문제라네."
"내 병 말인가?"
"아니. 병이라면 내 병을 말하는 거네."
"자네 병?"
"그래 내 병. 나는 우리 손자에 대해 말하러 왔네. 본론만 말하지. 자네가 떠나줬으면 해. 우리가 다시 볼 일 없는 곳으로 멀리. 이렇게 부탁하네. 제발 그렇게 해주게……."

"날더러, 떠나라니? 자네 미쳤나? 왜 내가 떠나야 하지?"

"그 아이는 자넬 사랑해. 내가 아니라. 그래, 사실이 그래. 자네가 그 아이에게 무슨 짓을 한 건지 모르겠지만……. 알고 싶지도 않고……."

"내가 무슨 마법이라도 걸었나 보지. 아니면 마법의 약을 먹였거나……."

"그야 모르지. 하지만 불길한 무언가가…… 자네 그림들엔 뭔가가 있어……."

"그 그림들도 사악하다는 말인가? 제정신이 아니군, 호아킨."

"그럴지도. 하지만 더는 상관없어. 치료받을 수 있는 나이도 지났어. 내가 제정신이 아니라면, 자네가 날 헤아려주게. 내게 동정을 베풀어주게……. 아벨, 자넨 내 젊은 시절을 비참하게 만들었어. 평생을 날 쫓아다니면서……."

"내가?"

"그래 바로 자네, 자네가."

"그런 거라면 나는 몰랐네."

"위선 떨지 마. 언제나 자넨 날 경멸하고 모욕했어."

"이봐, 자꾸 이럴 거면 난 이 방을 나가겠어. 자네 때문에 몸이 더 아픈 것 같아. 이런 미치광이 소리를 듣기엔 내 상태가 좋지 않다는 걸 자네도 잘 알 거야. 여기서 나가게. 자넬 치료하고 돌봐줄 시설에나 가 봐. 우릴 그만 괴롭히고."

"아벨, 자넨 오직 날 모욕하고 날 수치스럽게 만들려는 일념으로 내게서 헬레나를 빼앗았어. 내게서 빼앗은 거야……."

"대신 안토니아를 얻었잖아?"

"아니. 자넨 안토니아를 위해 그런 짓을 한 게 아니야. 그저 날 모욕하고 경멸하고 조롱하기 위한 거였어……."

"정말 제정신이 아니군, 호아킨. 다시 말하겠는데, 자넨 제정신이 아니야."

"온전치 못한 건 바로 자네야."

"내 육체가 그렇다는 건 맞네. 오래 살지 못할 거라는 것도 알아……."

"너무 오래 살았어."

"아아, 내가 죽기를 바라나?"

"아니야, 아벨, 아니야. 그런 말이 아니야."

그러더니 호아킨은 애처로운 목소리로 애원했다.

"제발 여기서 떠나줘. 다른 곳에서 살게. 아이는 여기 두고……. 내게서 아이를 빼앗지 말게……. 자넨 살날도 얼마 남지 않았잖아……."

"살날도 얼마 남지 않았으니 아이가 나와 있게 해주게나."

"안 돼. 우리 아이에게 무슨 나쁜 수작을 부린 건가? 나와 아이를 이간질하려고 아이에게 나를 경멸하라고나 가르치고······."

"당치도 않아! 자넬 내가 헐뜯다니 아이는 내게서 그런 소릴 한 번도 들은 적이 없어. 앞으로도 그럴 거고."

"어떤 식으로든 아이 마음을 홀렸을 거야. 아이의 환심을 사서."

"내가 떠난다면 내가 사라져준다면, 그럼 그 아이가 자넬 사랑할 거라고 생각하나? 비록 누구나 그걸 원한다 해도, 호아킨, 자네에겐 불가능해. 자네를 사랑하는 건 불가능해······. 자넨 모두에게 혐오감을 주거든. 그들을 거부하고 밀쳐내지······."

"네가 감히, 감히······."

"만약 그 아이가 자네가 바라는 만큼 자넬 사랑하지 않는다면, 다른 사람들이 사랑받는 만큼도 자네가 사랑받지 못한다면, 그건 아이가 자네에게서 위험을 감지했기 때문이야. 왜냐하면 자넨 두려워하거든······."

"어째서 날 두려워한다는 거야······?"

호아킨은 창백하게 질린 채 격노하며 외쳤다.

"자네의 나쁜 피가 전염될까 봐."

바로 그 순간 호아킨은 분노로 몸을 떨며 자리에서 벌떡 일어났다. 아벨에게 달려들어 두 손을 갈고리 발톱처럼 세우고는 그 병자의 목을 움켜잡았다.

"이 도둑놈!"

호아킨이 소리를 질렀다.

호아킨은 그 희생자를 움켜잡던 손을 재빨리 풀고 공포에 떨며 뒷걸음쳤다. 아벨이 외마디 비명을 지르더니 가슴을 손으로 치며 신음했다.

"아이고, 나 죽네!"

'협심증이 왔군. 이제 아무 손도 쓸 수 없어. 이제 끝이야!'

호아킨은 속으로 생각했다.

그 순간 손자가 "할아버지, 할아버지"하고 부르는 소리가 들렸다. 호아킨은 몸을 홱 돌렸다.

"누굴 부르는 거니? 어느 할아버지를 찾는 거니……? 지금 나를 찾고 있는 거니?"

호아킨은 이렇게 말하는 자신의 목소리를 들었다.

아이는 이제 호아킨 앞에 서 있었지만, 자기 앞에 놓인 믿을 수 없는 광경에 놀라 꼼짝도 하지 않았다.

"어서 와서 말해보렴. 어느 할아버지를 부르는 거니? 그게 나였니?"

아이는 마침내 대답했다.

"아니요. 아벨 할아버지를 부른 건데요."

"아벨이었다고? 할아버지는 저기 있다……. 죽었어. 너는 그게 뭔지 아니, 죽었다는 게?"

호아킨은 거의 물건 다루듯이 죽은 남자의 머리를 들었다. 그리고 그가 죽어 있던 안락의자에 시체를 다시 눕혔다. 그러고는 다시 손자에게 고개를 돌려 이 세상 사람의 것이 아닌 듯한 섬뜩한 목소리로 말했다.

"그래, 할아버지는 죽었다. 내가 죽였어. 아벨은 다시 카인에게 죽임을 당했어. 카인인 네 할아비에게. 날 죽이고 싶으면 얼마든지 그렇게 하려무나. 널 내게서 빼앗으려고 해서 내가 죽였다. 네 사랑을 독차지하려고 했어. 그리고 결국은 자기 뜻대로 했어……. 내 잘못이 아니다."

호아킨은 이제 흐느끼고 있었다.

"내게서 널 빼앗으려고 했어. 넌 이 가엾은 카인에게 남겨진 마지막 위안이었다. 카인에게 남겨진 게 또 무엇이 있겠니? 이리 오렴. 나를 안아다오."

아이는 영문도 모른 채 그에게서 달아났다. 마치 미치광이를 피해 달아나듯. 아이는 달아나면서 할머니 헬레나를 불렀다.

혼자 남겨진 호아킨은 계속해서 말했다.

"내가 그를 죽였어. 하지만 그가 날 죽이고 있었어. 지난 사십여 년 동안 그는 날 죽이고 있었던 거야. 그는 내 앞에서 자기를 과시하고 우월감을 드러내고 자기 영광을 흔들어대며 내 삶을 망쳐놓았어. 그것도 모자라 내 손자를 내게서 훔치려고 했어……."

부리나케 뛰어오는 소리가 들리자마자 호아킨은 정신을 차리고 몸을 돌렸다. 헬레나가 안으로 들어왔다.

"아니 이게 무슨 일이에요…… 아이가 한 말이 무슨……?"

"네 남편은 발작을 일으켜 끝내 죽고 말았다."

호아킨이 냉정한 말투로 말했다.

"오빠지!"

"나는 아무 손도 쓸 수 없었어. 손을 쓰기엔 이미 늦었어."

헬레나는 호아킨을 끈질기게 노려보았다.

"오빠지…… 오빠 짓이지!"

헬레나는 하얗게 질린 채 몸을 부르르 떨었다. 애써 침착함을 유지하며 죽은 남편 곁으로 다가갔다.

38

 일 년이 지났다. 그 동안 호아킨은 심각한 우울증을 앓았다. 마침내 <회고록> 집필을 중단했고, 아무도 심지어 자식들도 만나려고 하지 않았다. 아벨의 죽음은 어찌 보면 지병을 앓던 환자의 자연스러운 말로였다. 그러나 그 집에는 어두운 그림자가 짙게 깔렸다. 헬레나는 상복과 검은색이 자기에게 꽤 잘 어울린다는 걸 알았다. 그리고 남편이 남긴 그림들을 하나하나 팔기 시작했다. 그런가 하면 어린 손자에게 어떤 반감을 품고 있는 듯했다. 한편, 호아키니토에 이어 둘째가 태어났다. 둘째는 호아킨의 손녀가 되었다.

 호아킨은 알 수 없는 병에 걸려 병상에 누웠다. 이윽고 자신이 죽음의 경계에 다다랐음을 온몸으로 느꼈다. 그래서 어느 날 가족들을, 딸 내외와 아내와 헬레나를 모두 불렀다.
"아이가 진실을 말했을 거야. 아벨을 죽인 건 나야."
호아킨이 불쑥 그렇게 말했다.
"그런 말씀 마세요, 아버지."
그의 사위가 간청하듯 말했다.
"이제 시간이 없어. 나중으로 미루거나 거짓말을 할 시간이 없어. 내가 아벨을 죽였어. 어쩌면 내가 죽인 거나 다름없어. 내 손 안에서 죽었으니까……."
"그건 다른 문제예요."
"내가 멱살을 잡는 순간 죽었어. 모든 게 꿈만 같아. 내 인생은 온통 꿈이었지. 하지만 잠에서 깨는 순간, 동이 틀 때, 밤에 잠들기 전에 엄습하는 악몽과도 같았어. 나는 제대로 살아본 적도, 제대로 자본 적도 없었어……. 심지어 제대로 깨어 있지도 않았어. 부모님 기억이 더는 나지 않아. 나도 기억하고 싶진 않아. 오래 전에 돌아가셨으니 벌써 나를 잊었을 거야……. 하느님도 아마 나를 잊으실 거야……. 영원한 망각 속에 평화가 존재하지. 그리고 애들아, 너희들도 나를 잊어야 한다."
"그럴 수 없어요."
사위가 외치며 그 의사의 손을 잡고 입맞춤했다.

"만지지 말거라! 네 아버지가 죽을 때 그의 목을 잡던 손이다. 만지지 마라……. 아직은 날 떠나지 마렴……. 날 위해 기도해주려무나."

"아버지, 아버지."

딸은 눈물로 목이 메어 말을 잊지 못했다.

"나는 왜 그토록 질투를 했을까? 왜 그토록 사악했을까? 왜 그런 식으로 살 수밖에 없었을까? 어머니 젖을 잘못 먹었나? 어머니 젖에 무슨 미약이라도, 증오의 약이라도 탄 걸까? 내 피에 독이라도 섞였던 걸까? 나는 왜 이 증오의 세상에 태어났을까? '네 이웃을 네 자신처럼 미워해라'라고 가르치는 듯한 이 세상에 말이다. 나는 나 자신을 증오하며 살았어. 여기 사는 우리는 모두 우리 자신을 증오하며 살지. 허나…… 아이를 데려오렴."

"아버지!"

"아이를 데려와!"

손자가 어머니 손에 이끌려 할아버지 근처로 다가갔다.

"날 용서해주겠니?"

할아버지가 물었다.

"그렇게까지 하실 필요 없어요."

아벨이 끼어들었다.

"그러겠다고 말씀드려."
아이 어머니가 말했다.
"가서 할아버지께 용서해드린다고 말하렴."
"네……."
아이는 작은 목소리로 대답했다.
"더 크게 말해다오. 얘야, 날 용서한다고 말해다오."
"네, 그럴게요."
아이는 꾸밈없이 대답했다.
"이제 됐다. 나는 오직 너에게 용서받고 싶었다. 아직 철이 들지 않은 너에게, 아직 순진무구한 너에게……. 너에게 그림을 그려주었던 아벨 할아버지를 잊지 마라. 얘야, 잊을 거니?"
"아니요!"
"그래, 잊지 말아라. 잊지 마……. 그리고 헬레나……."
헬레나는 자기 앞에 시선을 고정한 채 침묵했다.
"헬레나……."
그 죽어가는 환자는 그녀의 이름을 거듭 불렀다.
"나는 이미 오래 전에 오빠를 용서했어요."
"네게 용서를 구하려는 게 아니야. 다만 네가 안토니아 옆에 있는 걸 보고 싶었을 뿐이야. 안토니아……."
그 가엾은 여인은 얼마나 울었는지 눈이 퉁퉁 부어 있었다. 안토니아는 마치 그를 보호하려는 듯 침대에 누운 남편 곁으로 몸을 던졌다.

"진짜 희생자는 바로 당신이었어, 안토니아. 당신은 날 치료할 수 없었어. 나를 낫게 하지 못했어……."

"하지만 당신은 나아지고 있었어요, 여보…… 당신은 너무 많은 고통을 받았어요!"

"그래. 내 영혼은 지독한 결핵을 앓았지. 내가 당신을 사랑하지 않았기 때문에 당신이 날 낫게 할 수 없었어."

"그런 말 말아요!"

"난 말해야겠어. 말해야 해. 모두 앞에서 말할 거야. 나는 당신을 사랑하지 않았어. 내가 당신을 사랑했다면 나는 구원받았을 거야. 나는 당신을 사랑하지 않았어. 그 사실이 지금 날 고통스럽게 해. 우리가 다시 시작할 수만 있다면……."

"호아킨, 호아킨!"

그 가엾은 여인은 슬픔의 심연에서 우러나온 목소리로 외쳤다.

"그런 말은 말아줘요. 부디 날 가엾게 여겨줘요. 당신 자식들과 여기 당신 말을 듣고 있는 손자 아이를 가엾게 여겨줘요. 이 어린 것이 지금은 아무것도 몰라도…… 자라서 어쩌면……."

"그래서 말하는 거야. 가여워서. 난 당신을 사랑하지 않았어. 당신을 사랑하길 원치 않았어……. 만약 우리가 다시 시작할 수 있다면…… 지금은, 지금은 때가……"

아내는 남편 입을 막았다. 자기 입술로 그 죽어가는 환자의 입술을 덮었다. 마치 그의 마지막 숨을 되살리려는 듯.

"내가 구원해줄게요. 이 키스가 당신을 구원해줄 거예요."

"날 구원한다고? 지금 구원한다고 했어?"

"아직 몇 년 더 살 수 있어요. 당신이 원하기만 하면……."

"무얼 위해서? 다 늙어서 뭘 하겠다고? 싫어! 늙는 건 싫어. 이기주의에 빠진 노인은 죽음이 뭔지 아는 어린이에 지나지 않아. 자신이 죽을 거라는 걸 아는 어린이야. 싫어, 싫어. 난 노인이 되고 싶지 않아. 그놈의 질투 때문에 손자들하고 싸우기나 할 거야. 손자들을 미워하게 될 거라구……. 싫어, 싫어……. 이제 증오하는 데 지쳤어! 나는 당신을 사랑할 수 있었어. 당신을 사랑했어야 했는데. 그게 나의 구원이었을 텐데. 난 그러지 못했어."

호아킨은 입을 다물었다. 말을 이을 수 없었거나 아니면 이어가길 원치 않았다. 그리고 가족들에게 키스를 했다. 몇 시간 뒤, 호아킨은 마지막 지친 숨을 거두었다.

우리 가운데
카인은 누구이고
아벨은 누구인가?

옮긴이 이지선

〈아벨 산체스〉는 인간의 어두운 욕망을 집요하게 파고드는 소설이다. 성서에 나오는 '카인과 아벨 이야기'를 현대감각에 맞게 재구성함으로써, 오늘을 살아가는 사람들의 위태로운 관계 맺기와 그 관계에서 서로 충돌하는 욕망을, 마침내 상처를 주고받는 비극적인 삶을 묘사한다.

이 소설의 주인공 호아킨 모네그로가 어릴 적부터 형제처럼 가깝게 지낸 친구 아벨 산체스에게 느끼는 감정은 아벨이 가진 모든 것, 곧 사람들의 호감을 사는 성격과 외모, 예술적 재능 따위를 그저 부러워하는 감정을 넘어 아벨에 대한 분노와, 심지어 그를 죽이고 싶어할 만큼 사악하기 그지없는 시기심이다.

호아킨은 어린 시절 친구들한테 따돌림당한 일도, 헬레나의 사랑을 얻지 못한 일도 모조리 아벨의 탓으로 여긴다. 아벨이 자신을 조롱하고 모욕하기 위해 술수를 부린 거라는 망상에 빠진다. 아벨의 명성이 갈수록 드높아지자, 호아킨은 질투에 눈이 먼 나머지 아벨을 뛰어넘고자 하고, 이윽고 그를 파멸시키고 말겠다는 사악한 욕망의 노예가 되어버린다. 따라서 아벨이라는 인물 그 자체가 호아킨을 억누르는 멍에가 되고, 마침내 그의 정신은 더할 수 없이 황폐해진다.

호아킨은 자기 마음속 깊숙한 곳에서 자라나는 사악한 시기심과 증오심을 뿌리 뽑기 위해 한동안 종교에 몸을 맡겨 보기도 하지만, 끝내 그것들은 자신이 죽어서야 사라질지 모르는, 어쩌면 자기가 죽은 뒤에도 줄곧 남게 될지 모르는 비극적 본성임을 깨닫게 된다. 이것이야말로 인간의 원죄가 아니고 무엇이겠는가. 죽기 전에는 결코 떨쳐낼 수 없는 이기적이고 편협한 욕망은 인간의 타고난 본성이다. 인간은 누구나 그러한 욕망을 가슴 깊이 간직하며 살아갈 수밖에 없다. 다만 겉으로 내색하지 않을 뿐이며 이성의 힘을 빌려 적절히 조율할 수 있을 뿐이다.

시기심이나 이기심 등과 서로 얽혀 있는 욕망은 인간의 무의식을 그 밑바탕으로 삼고 있다. 무의식 영역은 우리가 상상할 수 없을 만큼 깊디깊다. 흔히들 5퍼센트의 의식과 95퍼센트의 무의식이 사람 마음을 구성한다고 하니, 일상생활에서 미처 자각하지 못하는 무의식이지만 그것이 인간 정서와 행동에 얼마나 큰 영향을 미치는지는 두말할 나위도 없다. 인간 행동을 사실상 근본적으로 지배하는 것은 의식이 아닌 무의식이다. 그래서 무의식을 '뇌 안의 유령'이라고도 하지 않는가. 그런 까닭에 욕망을 이겨내기는 쉽지 않고 완전히 뿌리 뽑기도 어렵다. 의식하지 않는 순간, 시기심이 불쑥 고개를 들어 우리를 괴롭힐지도 모르는 일이다.

호아킨의 경우, 그런 어둡고 거친 감정을 스스로 조율하며 다스리는 대신 그 감정을 점점 외곬으로 몰아가며 더욱 키워나가 마침내 자기 마음속을 사악함으로 물들였다. 호아킨이 자인했듯이, 그의 삶이 불행할 수밖에 없었던 까닭은 아벨의 존재 때문이 아니라 그가 제 자신을 사랑하지 못한 데 있었다. 곧 자기애와 자존감 부족이 이 비극의 씨앗이었다. 호아킨이 모든 불행을 아벨의 탓으로 돌리고, 또 그런 아벨을 증오하며 자기 아내에게조차 마음을 제대로 열지 못하고 사는 것은 일종의 방어 심리다. 우리가 이 소설의 주인공을 타고난 악인으로 치부할 수 없고, 그저 나약한 한 사람의 인간으로서 불쌍히 여기는 이유도 여기에 있다.

 호아킨은 죽음을 맞이할 때 그토록 남을 미워하고 질시했던 자신의 삶을 뉘우친다. 그때서야 비로소 삶을 짓누르던 어두운 욕망을 내려놓을 수 있었다. 사람 속마음의 가장 감추고 싶은 치부를 그대로 보여준 호아킨 모네그로처럼, 원죄를 안고 살아가는 우리도 죽어서만 이 원죄에서 해방될 수 있는 걸까? 그렇다면 사는 동안 이러한 욕망을 마치 아기를 안고 달래듯 다스리며 살아가야 한다. 곧 니체의 말마따나, 제 자신의 운명을 사랑하는 일이 그나마 맘 편히 살 수 있는 방법인지도 모른다.